Narratori Feltrinelli

Giacomo Papi
Happydemia

Prima edizione nei "Narratori" novembre 2020

Published by arrangement with The Italian Literary Agency

Stampa Grafica Veneta S.p.A. di Trebaseleghe - PD

ISBN 978-88-07-03434-3

FSC
www.fsc.org
MISTO
Carta
da fonti gestite in
maniera responsabile
FSC® C021883

Ogni pagina di questo libro è stata preventivamente disinfettata con Batti il Batterio, lo spray antisettico igienizzante approvato dalle più alte istituzioni sanitarie mondiali.
Tuttavia il lettore è caldamente invitato a leggere indossando mascherina, visiera e guanti monouso.
È severamente vietato tossire, starnutire e umettarsi il polpastrello di saliva per voltare pagina.
Rimane altamente sconsigliabile prestare il libro, farselo prestare e comunque toccarsi naso, bocca, occhi durante la lettura.
*I trasgressori saranno puniti a norma di legge.**
Buona lettura.

P.S. Anche i fatti narrati in questo libro accadranno.

** D.P.C.M., 25 dicembre, n. 19 Art. 4. Salvo che il fatto costituisca violazione dell'articolo 452 del codice penale o comunque più grave reato, la violazione della misura di cui all'articolo 1, comma 2, lettera e), è punita con l'arresto da 3 mesi a 18 mesi e con l'ammenda da euro 500 a euro 5000 (o con l'obbligo di imparare a memoria l'opera omnia del Presidente del Consiglio superiore di sanità, professor Franco Locatelli).*

Happydemia

1.

I baci furono vietati all'inizio della seconda epidemia, insieme alle carezze, alle strette di mano e alle dita nel naso.

Michele e il nonno Attilio, come altri milioni di italiani, lo vennero a sapere all'ora di cena guardando il Tg. Sullo schermo uno speaker con il farfallino annunciò il nuovo lockdown con un sorriso pacioso: "È atteso a giorni il decreto congiunto della Previdenza del Consiglio e dei ministri degli Affari Miei e della Salute (e dei Saluti a Distanza) che conterrà le ultime disposizioni in materia di profilassi e contagio. Oltre all'ormai tradizionale quarantena, che riguarderà comunque soltanto le aree più colpite, è fortemente sconsigliato ogni contatto fisico che non sia tra congiunti o tra disgiunti, ma non tra congiunti e disgiunti aggiunti".

Michele e Attilio si guardarono perplessi, un attimo prima che lo speaker chiarisse il concetto: "In pratica chi ha congiunti può toccare i congiunti se non hanno disgiunti, ma chi non ha congiunti può toccare i disgiunti sempre che non abbiano congiunti aggiunti. E in ogni caso, a parte le eccezioni stabilite per legge, nelle zone dei focolai è preferibile non uscire di casa". Il nonno Attilio mascherò la propria soddisfazione fingendo di guardare nel piatto: a quasi ottant'anni, con tutti i suoi acciacchi, doveva limitare al massimo i contatti con l'esterno, dove contagi e ricoveri erano in aumento da settimane. Michele, invece, piuttosto che spararsi un altro lockdown, si sarebbe sparato da solo. Attilio se ne accorse e per consolarlo gli sfiorò l'avambraccio con le dita.

– Michele, lo so che è difficile. Ma l'università puoi cominciarla anche on-line, anzi visto il corso che hai scelto è anche meglio. Non c'è mica solo la presenza.

– C'è anche l'assenza, – scosse la testa Michele lasciando che i suoi dreadlock accennassero un'onda.

L'idea era stata di Attilio. Nei mesi in cui Michele preparava la maturità, ignaro del proprio futuro, il nonno aveva insistito perché tentasse il test d'ammissione alla nuova laurea triennale di cui si parlava benissimo, Teorie e tecniche dello Smart Working, e Michele lo aveva passato. Insieme a lui era passato il Cometa, un suo compagno delle superiori, così soprannominato per via della coda bionda che, in monopattino, fuoriusciva dal casco giallo come una scia. Michele non si aspettava molto dallo studio – è difficile sapere che cosa ti piace fare se non lo hai mai fatto –, a lui interessava solo uscire e incontrare qualcuno. Il giorno dopo ci sarebbe stata la prima lezione: "Simbologie dello spazio. Librerie o parete con foto?". Adesso invece tutto si richiudeva di nuovo. Per un istante Michele valutò la possibilità di trasferirsi a Bassano del Grappa da sua madre, ma l'istante successivo la scartò. Suo padre era morto all'inizio della prima ondata e sei mesi dopo sua madre, la figlia di Attilio, era scappata con un rappresentante di Amuchina che era stato promosso capoarea di tutto il Nord Est. Glielo aveva anche chiesto, di trasferirsi con lei, ma Michele, che stava per iniziare la terza liceo, non se l'era sentita di andare a vivere in Veneto e aveva deciso di restare con il nonno. Quando sollevò gli occhi dal piatto, Attilio lo stava ancora guardando.

– Tu hai tempo, Michele. Non come me. Una pausa di qualche mese, per il tuo futuro, non significa nulla.

Ogni volta che qualcuno gli parlava del futuro, a Michele si annebbiava l'umore perché non riusciva proprio a immaginarlo, il futuro.

– Il mio problema è il presente, nonno. Il futuro boh.

– Come un aymara cieco.

Era tipico di Attilio: dopo una vita passata a insegnare filosofia al liceo, usava quello che sapeva per spostare il discorso su un terreno in cui l'altro doveva inseguirlo. Michele lo fissò senza capire.

– Gli aymara sono un popolo del lago Titicaca per cui il tempo scorre al contrario. Se gli aymara parlano del passato indicano davanti a sé, se invece si riferiscono al futuro puntano il pollice dietro la schiena. In fondo hanno ragione, se ci pensi: il passato lo conosciamo, quindi si vede. Il futuro è incognito, quindi ci sta alle spalle.

Era una delle fissazioni di Attilio. Per lui le generazioni si distinguevano in base a come intendevano il tempo.

– Noi da ragazzi vedevamo soltanto il futuro. Non c'era altro. Si nuotava nel fiume. Lottavamo per cambiare il mondo. Adesso che sono vecchio, invece, vedo soltanto passato, che per te non esiste. Voi avete solo il presente.

A Michele il pensiero di avanzare nel futuro di schiena, senza paura di andare a sbattere contro qualcosa, piacque tantissimo. Era un po' come pedalare all'indietro e a lui pedalare piaceva. Quando si muoveva in bici per la città vuota, immaginava se stesso come una formica in viaggio su una lastra di vetro, come il puntino che intimamente sapeva di essere.

– Sì, nonno, ma al momento è un presente abbastanza di merda, – disse Michele.

– La vita abbonda di presenti di merda, Michele, ma poi capita sempre qualcosa.

Michele si alzò per sparecchiare. Attilio lo osservò, senza muoversi dal tavolo: era alto e un po' curvo, un incrocio perfetto tra un punto di domanda e un punto esclamativo.

Appena fu in camera sua, Michele aprì la finestra per guardare la pista dell'aeroporto. Lo faceva ogni sera. I voli erano ripresi, ma la pista era ancora quasi deserta. Spense l'ultima sigaretta e si infilò sotto le lenzuola. Prima di addormentarsi controllò il telefono. Erano tutti eccitati per il divieto dei baci, cioè per la questione dei congiunti disgiunti aggiunti che lui non aveva capito e che, invece, agli altri sembrava chiarissima a giudicare dalla furia con cui ne scrivevano: se vivevi da solo potevi frequentare altre persone che vivevano da sole, ma se vivevi con qualcuno non potevi frequentare nessun altro, tanto meno toccarlo, figurarsi baciarlo. Si trattava di scegliere se vivere da soli in casa o vivere da soli fuori, visto che di un vaccino efficace si parlava da anni, ma ancora non era arrivato.

Il letto era ancora lo stesso di quando era bambino e veniva a dormire dai nonni nelle sere in cui i suoi genitori uscivano, ma ormai si era abituato a dormire con i piedi sospesi. Dopo avere messo in carica il telefono, Michele spense la luce. Ovunque le ambulanze avevano ricominciato a fare da colonna sonora al mondo, e nella testa di Michele, come ogni notte, cominciarono ad agitarsi i pensieri. A diciannove anni non aveva ancora baciato nessuno. Ci era andato vicino una volta, a una festa delle medie, ma un attimo prima che toccasse le labbra della ragazza con le sue qualcuno aveva acceso la luce. L'anno dopo erano arrivate le epidemie. Da allora i baci li aveva visti solo in tv nei film in bianco e nero che piacevano al nonno, ogni volta meravigliandosi per l'agilità e l'eleganza con cui gli amanti inclinavano le teste per schivare i reciproci nasi e le bocche si incollavano tra loro. Quello che avveniva all'interno, però, per lui rimaneva un mistero. Ma il mistero più grande era come facesse a immaginare di baciarla nel sonno.

Non sapeva chi fosse, però la sognava ogni notte. Forse era la ragazza delle medie, forse non era nessuna o forse la donna che avrebbe incontrato, ma i pensieri cominciavano a incollarsi tra loro, le concatenazioni del giorno a spezzarsi e ad aprire varchi da cui entravano cose insensate, la parte sveglia del suo cervello gli diceva che stava addormentandosi, quando sul telefono squillò una notifica.

Era il Cometa. Gli aveva mandato un vocale.

– Fratello, io domani balzo la lezione. Hai sentito della quarantena? Stanno assumendo per fare consegne. Io ci provo. In casa mi ammazzo. Mi prendo la bici e sto fuori tutto il giorno, poi si becca tantissimo, me l'ha detto un mio amico. Tu che fai? Ti tumuli? Alle sette e mezzo mi trovi davanti alla sede di Happydemia.

2.

La pelle era diventata il confine, la barriera di filo spinato che teneva gli altri lontani. Ormai era meglio toccarsi soltanto con i guanti. Ogni tanto ci si rintanava in casa, lo si sapeva e lo si aspettava, le ferie pagate non esistevano più, per riposarsi dalla pressione del mondo bastava aspettare la nuova quarantena. L'umanità si era divisa in tre classi sociali: i pensanti che potevano lavorare da casa; i fabbricatori, i curatori e i consegnatori che dovevano usare il corpo; e gli inutili, che non lavoravano affatto e non avevano nome, ma erano suddivisi tra chi non aveva una casa e chi di case ne possedeva almeno altre due, la seconda a Portofino e l'altra a Saint Moritz.

In pochi mesi ci si abituò al letargo: come criceti si imparò che alcune stagioni erano fatte per correre dentro la ruota e altre per accucciarsi a dormire. L'esistenza degli umani fu scandita di nuovo da periodi di semina, carestie e raccolti. La famiglia ritornò a essere quella che era sempre stata dalla notte dei tempi: un gruppo di animali che, in tempi difficili, si rinchiude insieme dentro una tana e a primavera, se il sole ritorna, esce dal buco per andare a cacciare.

Quando Michele si svegliò, dalla strada giungeva un silenzio di neve. L'annuncio della quarantena faceva tacere il mondo. Se non voleva arrivare in ritardo alla prima lezione doveva sbrigarsi. Invece posticipò la sveglia per trattenere ancora un po' l'immagine della ragazza del sogno, ascoltando il silenzio spezzato soltanto dal gracchiare dei corvi e dalle ambulanze.

Dopo essersi sommariamente lavato, si guardò allo specchio e si sorrise. Aveva il naso storto, se l'era rotto da bambino, ma grazie all'obbligo della mascherina non lo vedeva nessuno. Si abbottonò la camicia rossa che aveva rubato al nonno e infilò due mascherine di riserva e la confezione di disinfettante nelle tasche dei pantaloni. Afferrò dal bordo del lavandino il telefono che in quel momento notificò di nuovo. Era ancora il Cometa: – Oh, fratello, allora? Vieni? Hai deciso? Io te lo dico, guarda che i posti finiscono e finisci tumulato di nuovo.

Michele sospirò di angoscia. Happydemia quelli sotto i trent'anni la conoscevano tutti: era la più grande multinazionale di psychodelivery del mondo, consegnava psicofarmaci in 116 nazioni grazie a un esercito di settantamila psychorider sparsi ovunque, perfino alle Maldive. Era l'azienda più moderna e dinamica del mondo, se ti ingaggiava entravi a fare parte dell'aristocrazia dei consegnator, mica come quelli che si impuzzavano portando hamburger o si spezzavano la schiena trasportando credenze o schermi al plasma. Uscì in corridoio.

In sala il nonno era già in cyclette. Si era piazzato davanti alla finestra, nel punto esatto in cui a quell'ora il sole disegnava un trapezio giallo sul pavimento. Era in piedi sui pedali fingendo uno scatto per sorprendere il gruppo e tentare la fuga. Michele addentò un biscotto.

– Allora, cominci oggi? Sei emozionato? – disse Attilio.

Michele chiuse le palpebre in segno di assenso. Notò che appoggiato sul tavolo c'era un libro voltato. Il nonno smontò dalla sella e gli si mise davanti, dall'altra parte del tavolo.

– Mi raccomando, Michele. Almeno un metro di distanza e mascherina sempre, anche sul naso. Non è uno scherzo.

– Lo so, nonno.

– Vedrai che ti piacerà. Se poi scatta il lockdown seguirai le lezioni on-line. Non cambia molto in fondo.

Avrebbe voluto dirgli che per lui cambiava tantissimo invece. Ma fu il nonno a parlare.

– Com'è che si chiama la ditta?

– Quale ditta, nonno?

– Quella dove va il tuo amico. Passavo davanti al bagno e ho sentito.

Michele deglutì il biscotto mezzo masticato.

– Happydemia.

Il nonno si grattò la pelata, pensieroso.

– Bel nome... E che cosa fa?

– È la più grande azienda di psychodelivery del mondo. Stanno assumendo tantissimi psychorider.

– Psychoche?

– Psychorider, è il nome di quelli che consegnano psicofarmaci.

– A chi?

– A chi ne ha bisogno.

– E tu vorresti andarci.

Michele chiuse le palpebre, questa volta per dire che non voleva rispondere.

Il nonno prese il libro dal tavolo.

– Ti voglio leggere una cosa, è un po' esagerata, ma è divertente. Fa capire che quello che è bello ha sempre almeno un'altra faccia. L'ha scritta un abate medievale, Odon de Cluny. Ascolta. "La bellezza si limita alla pelle. Se gli uomini vedessero quel che è sotto la pelle, così come si dice che possa vedere la lince di Beozia, rabbrividirebbero alla vista delle donne. Tutta quella grazia consiste di mucosità e sangue, umori e bile. Se si pensa a ciò che si nasconde nelle narici, nella gola e nel ventre, non si troverà che lordume. E se ci ripugna toccare il muco o lo sterco con la punta del dito, come potremmo desiderare di abbracciare il sacco stesso che contiene lo sterco?"

Michele si mosse schifato verso la porta. Sul pianerottolo si infilò le scarpe che teneva nascoste dentro lo sportellino del contatore del gas. Il nonno lo aveva seguito sulla soglia.

– Ora devo andare, nonno, se no faccio tardi.

Attilio spinse la porta in avanti, affacciandosi nello spiraglio tra la maniglia e lo stipite.

– Sono piene di germi, Michele.

– Le scarpe?

– Le persone.

Attilio rientrò in casa. Era preoccupato, anche se di Michele si fidava. Caricò un'altra moka aggiungendo nel filtro quattro cucchiaini di polvere di caffè nuova a quella già usata, faceva sempre così, per risparmiare e perché veniva più leggero, "americano". Si riempì la tazzina e, per non pensare a Michele, sprofondò sul divano armato di telecomando. Alle 7.30 iniziava *Sparlamento*, il talkshow di approfondimento politico più seguito del mattino. Il format era semplice, quasi elementare, ma funzionava alla grande: un cubo di plexiglass diviso in due scomparti sigillati per evitare che i due sfidanti si infettassero nella foga del dibattito. Speciali sensori posti sulla parete divisoria decretavano il vincitore in base alle emissioni di droplets o goccioline di Flügge (così chiamate in onore del medico tedesco C.G.F.W. Flügge che le aveva scoperte nel 1897).

Pur di ricevere un invito, specialmente alla vigilia di un nuovo lockdown, i politici erano disposti a corrompere, forse a uccidere, perfino a mentire. Il giorno prima l'ex Primo ministro dell'Interno, ormai scivolato ai margini della scena, era arrivato a telefonare ben undici volte agli autori che avevano resistito perché ormai, quando lo vedevano, gli spettatori cambiavano canale. Quel giorno gli sfidanti sarebbero stati due: il leader del Partito del Lavoro Guadagno Pago Pretendo e il ministro delle Attività Improduttive o Inattività Produttive. Erano entrambi al governo, ma Attilio era sicuro che avrebbero litigato lo stesso.

3.

Nella Sala del Consiglio dei ministri era tutto pronto, ma non si era ancora presentato nessuno. Alle 9 sarebbe iniziata la riunione ristretta, bisognava dare gli ultimi ritocchi all'atteso Decreto Io Mi Tappo in Casa di Nuovo (nome scelto dopo un ballottaggio con Io me ne Lavo le Mani).

Alle 8 di mattina, in quello stesso palazzo, ma due piani più sopra, il Previdente del Consiglio si stava facendo il bagno nell'antica vasca in ceramica ricolma di acqua calda aromatizzata dai sali da bagno che sua zia gli aveva spedito dal Gargano. Era lunedì, giorno di shampoo. Massaggiandosi dolcemente il cuoio capelluto per produrre tantissima schiuma, il Previdente si osservava compiaciuto i piedi posati sul bordo opposto. Erano la parte del suo corpo che gli piaceva di più dopo il ciuffo ed era un peccato che gli altri non li vedessero mai. Stava per iniziare a sciacquarsi quando il telefono squillò.

– Caro Previdente, ti disturbo?

Il Previdente riconobbe all'istante la voce. Era il ministro degli Affari Miei, che in quel momento su un terrazzo poco distante prendeva il sole in costume da bagno su una sdraio di vimini. Settembre era l'ultimo mese per fissare il bronzage.

– Ma ci mancherebbe, caro collega.

– Lo sai che non sono tipo da allarmi, Previdente. Non mi piace farmi gli affari degli altri, ma mi sembrava giusto avvisarti. Diversi episodi di nervosismo nella popolazione mi sono stati segnalati dai miei 007.

– Quanti sono?
– Sette.
– Chi?
– I miei 007.
– Dicevo quante segnalazioni hai ricevuto e di che tipo?
– Non saprei dirti esattamente, Previdente, soltanto ieri una decina. In genere si tratta di liti familiari, crisi di panico, tentativi di suicidio… fatti banali che però denunciano un disagio crescente. Te ne dico solo una: per non farsi rinchiudere in casa con la moglie dal nuovo lockdown un tale ragionier Zampetti, responsabile della ditta Dental Smile di Bovisio Masciago, ha fatto domanda per un posto da operatore ecologico a Paderno Dugnano…
– E che sarà mai… Si vede che ha voglia di stare fuori di casa.
– È proprio questo il punto, Previdente. Questa volta sarà molto più difficile fare rispettare la chiusura.
– Che cosa proponi?
– Bisognerebbe calmarli.
– Tipo bromuro negli acquedotti?

Prima di riadagiarsi sulla sdraio, il ministro degli Affari Miei gettò un'occhiata sognante al panorama. La cupola di San Pietro gli sembrò così vicina che pensò con un certo timore che il papa avrebbe potuto sentirlo. Si scrollò via dalla testa quella follia, spostando lo specchio acchiappasole in modo da orientarsi i raggi sulla faccia, immobile come quella di una lucertola. Si ripeté mentalmente il suo motto – "Non chiederti cosa puoi fare per il tuo Paese, chiediti cosa può fare il tuo Paese per te" – e sorrise pacioso. Per lui la pandemia era stata una manna dal cielo. Se il virus non fosse arrivato, avrebbe dovuto continuare a occuparsi degli Affari esteri, a viaggiare in paesi lontani quasi sempre nuvolosi dove la gente cuoceva troppo la pastasciutta e parlava lingue che non riusciva a capire, figurarsi a parlare. Da quando il suo dicastero era stato rinominato si trovava molto meglio: tutelare gli Affari Miei gli consentiva innanzitutto di tutelare i propri, a partire dall'abbronzatura, mettendolo in contatto con persone che sentiva più affini – runner in astinenza da sedentarietà, deejay senza più piste, ultras senza più stadi – di cui doveva promuovere i legittimi interessi e intercettare gli umori per trasformarli in iniziative politiche. Una goccia di sudore gli scivolò sulla tempia. Se la asciugò con il dorso della mano e guardò l'orologio. Aveva ancora venti minuti.

Il Previdente si avvolse nell'accappatoio e infilò i piedi nelle pantofole. Il nervosismo era uno stato d'animo che non conosceva, ma se fosse dilagato nella popolazione sarebbe stato un problema. Era arrivato alla politica tardi e quasi per caso, da studi giuridici. A conservare un certo distacco lo aiutava un vecchio principio del diritto privato: "La diligenza del buon padre di famiglia". Mentre si vestiva per scendere di sotto, il Previdente si ricordò di quella ditta che distribuiva psicofarmaci. In effetti, si sarebbe potuta fare una joint venture. Perché no? Ma c'era tempo. Adesso doveva concentrarsi sul decreto.

La sera prima aveva concesso al segretario del partito di maggioranza e a un ministro di accettare l'invito di *Sparlamento*, così alla riunione avrebbero evitato assembramenti e concluso più in fretta. D'altronde introdurre il distanziamento sociale anche in politica era stata una precisa richiesta del Consiglio Superiore di Salute Pubblica, che lui aveva in gran parte realizzato dimezzando il numero dei deputati e dei senatori con un referendum. Oltre al ministro degli Affari Miei e della Salute (e dei Saluti a Distanza), l'unico presente sarebbe stato il titolare degli Interni e Soprattutto dell'Esterno (così ribattezzato da quando, per mantenere l'ordine pubblico, era diventato essenziale impedire le uscite).

Il Previdente si annodò con cura la cravatta. In quel momento i portali della Sala del Consiglio si spalancarono per fare entrare i valletti che posizionarono sul tavolo le bozze rilegate del decreto che i ministri avrebbero rifinito di lì a poco.

IL PREVIDENTE DEL CONSIGLIO DEI MINISTRI
in collaborazione con il CONSIGLIO SUPERIORE
DI SALUTE PUBBLICA

Vista la legge 23 agosto eccetera eccetera, recante "Misure urgenti in materia di contenimento dell'emergenza epidemiologica 41 bis" eccetera eccetera eccetera;

Considerato blablabla che l'Organizzazione mondiale della sanità eccetera ha decretato lo stato di emergenza per un'altra decina d'anni blablabla;

Su proposta del ministro della Salute (e dei Saluti a Distanza), sentiti i ministri degli Affari Miei, dell'Interno e Soprattutto dell'Esterno, nonché i ministri d'Istruzione, Lavoro e Smart Working, nonché recependo gli autorevoli pareri dei membri del Consiglio Superiore di Salute Pubblica;

Decreta:

Art. 1 Misure urgentissime di contenimento ferreo del contagio sul territorio nazionale (isole escluse e/o comprese)

1. Allo scopo di contrastare e contenere il diffondersi del virus eccetera eccetera le misure di cui all'art. 1 del Dpcm del Previdente del Consiglio dei ministri 8 marzo 2020 sono estese fino a nuovo ordine all'interno delle zone rosse, arancio e fucsia, nonché dei casolari disabitati, dei rustici isolati e delle legnaie.
2. È fortemente non raccomandata altresì ogni forma di assembramento di persone in luoghi pubblici o aperti al pubblico, ivi compresi i suddetti casolari disabitati, rustici isolati, legnaie, eremi, grotte e cinema abbandonati, vecchi teatri di posa, vaudeville, prati, vespasiani, confessionali, cabine telefoniche, appartamenti di uno o più vani, bagni, box doccia, cucinini e scuole di ogni ordine e grado.

3. La lettera d) dell'art. 1 decreto del Previdente del Consiglio dei ministri 8 marzo 2020 è sostituita dalla lettera g); la lettera g) dalla lettera f); la lettera f) dalla lettera m); la lettera m) dalla lettera w); la lettera w) dalla lettera q); la lettera q) dalla lettera d); la lettera d) dall'ideogramma dell'alfabeto cinese mandarino 家); l'ideogramma 家) dell'alfabeto cinese mandarino dal geroglifico 𓄿 dell'antico alfabeto egizio; il geroglifico 𓄿 dell'antico alfabeto egiziano dal carattere ) del misterioso Manoscritto Voynich; il carattere ) del misterioso Manoscritto Voynich dall'emoticon ; l'emoticon ) dalla lettera d) da cui siamo partiti.

Sono sospese le seguenti attività:

a) sbavare nel sonno o da svegli;
b) turarsi le orecchie con gli indici;
c) le dita nel naso;
d) uscire di casa;
c) cucinare la choucroute e gli spaghetti ajo e ojo senza adeguato distanziamento dai medesimi;
d) la pesca subacquea;
j) la pesca sovracquea;
z) le succitate scuole di ogni ordine e grado se non in assenza di presenza;
v) il carnevale di Venezia, di Rio, di New Orleans, di Viareggio e di Ivrea (nonché quello ambrosiano). È invece consentito quello di Gambettola, non si sa perché;
y) scrivere al computer senza previamente disinfettarsi i polpastrelli dopo avere toccato ogni tasto;
b) mettersi il rossetto arancione;
f) grattarsi là sotto;
h) i concerti di musica classica, punk, rock, heavy metal, techno, pop, techno cumbia, le boy band, il ballo liscio, il ballo ruvido, il ballo così così;
b) gli eventi e le competizioni sportive di ogni disciplina (ivi compresi il ping pong, il lancio del disco e il nuoto sincronizzato).

Tre simpatici divietini in più:

i. È fatto divieto di uscire a fare la spesa a meno di non spendere almeno 100 euro a botta.
ii. È fatto divieto di toccare, accarezzare, baciare, leccare, strofinare con qualsivoglia parte del corpo qualsivoglia parte del corpo di qualsivoglia altro cittadino e/o cittadina, nonché di toccare, accarezzare, baciare, leccare, strofinare con qualsivoglia parte del corpo superfici precedentemente toccate, accarezzate, baciate, leccate, strofinate da qualsivoglia parte del corpo di qualsivoglia altro cittadino e/o cittadina, a meno che esso e/o essa non sia persona congiunta che non abbia avuto contatti con persone disgiunte, o che sia persona disgiunta nel caso in cui non si abbiano persone congiunte, cioè che si sia soli come cani.
iii. Ah, a proposito di cani, il peso massimo giornaliero di bisogni espletabili outdoor dei nostri simpatici amici a quattro zampe è fissato a 600 grammi. Se non dovessero bastare, si consiglia di metterli a dieta.

Art. 2 Disposizioni finali

1. Le disposizioni del presente decreto producono effetto da adesso e sono efficaci fino a quando non si sa, ve lo faremo sapere.
2. Dalla data di efficacia delle disposizioni del presente decreto cessano di produrre effetti le misure di cui agli articoli 76bis del previdente decreto del Previdente del Consiglio dei ministri dell'8 marzo 2020 ove incompatibili con la disposizione dell'art. 1 del previdente decreto in essere.

Roma,
vostro affezionatissimo,
Previdente del Consiglio dei ministri

Tanti saluti anche dal Consiglio dei ministri tutti

4.

Davanti alla sede di Happydemia alle 7.47 del mattino gli aspiranti consegnator attendevano in fila indiana distanziati. Erano soprattutto giovani, per la maggior parte italiani, ma si vedevano anche molti anziani, sia uomini che donne. Indossavano tutti la mascherina, qualcuno anche i guanti, eppure nell'aria si respirava l'eccitazione delle cose che iniziano. Michele legò la bici al primo palo e si avvicinò con circospezione al palazzo in vetro e cemento, guardandosi intorno per intercettare il Cometa. C'era un gran viavai di addetti al magazzino e alla logistica che entravano e uscivano dalle vetrine a pianterreno, negli spazi dove una volta si affacciavano bar, ristoranti e negozi. Le finestre dei piani più alti non davano segni di vita. Non c'erano uffici, solo smart working. Michele stava per rinunciare quando gli andò quasi a sbattere contro. Il Cometa era talmente raggiante che sembrava ancora più biondo.

– Mi hanno preso, fratello!

Lasciò cadere per terra il borsone bianco con il logo rosso di Happydemia e si chinò ad aprirlo per mostrargli con orgoglio i medicinali da consegnare.

– Devi assolutamente andare da Ines, sportello 6, quella fila lì. Se le dici che ti mando io, è fatta. Te l'avevo detto che qui si becca. Ci vediamo dopo, fratello. Ti aspetto là in fondo con gli altri.

Là in fondo, in effetti, c'erano quelli che avevano passato

la selezione. Lo si capiva anche da lontano che stavano ridendo. Michele cercò lo sportello che gli era stato indicato e si mise in fila. Si guardò intorno: tutti si voltarono ad ammirare una Porsche gialla che attraversava lentamente la piazza diretta verso quello che doveva essere l'ingresso del garage. Michele intuì che il Cometa si era dato molto da fare. Riconobbe Lombrico, un tipo alto che camminava oscillando come se non avesse le ossa, e Hulk, una ragazza mostruosamente irascibile. Più avanti avvistò Miss K, una ex influencer famosa perché portava sempre il velo che era caduta in disgrazia da quando le mascherine le portavano tutti. In cima alla sua stessa fila, in attesa di essere chiamato allo sportello, c'era anche il Moviola, un ragazzo del Ghana con la palpebra sinistra calante che andava pazzo per gli antidepressivi. Era una strana comunità la loro. Si incontravano ogni giorno, ma in faccia non si erano visti quasi mai. Si riconoscevano per via dei caschi, dei corpi, delle andature e degli sguardi. Non avevano nomi, solo soprannomi. Michele era l'unico che continuava a chiamarsi Michele. Sentì degli stridii venire dall'alto e girò la testa all'indietro. Sul cielo chiaro del mattino le rondini tornavano in Africa come se il mondo non fosse cambiato.

La fila scorreva veloce, era quasi arrivato il suo turno. Il Moviola gli sfilò davanti senza vederlo, troppo concentrato ad ammirare le confezioni di ansiolitici dentro la borsa. Michele avanzò fino alla linea rossa oltre cui era vietato spingersi – la donna dietro il vetro doveva essere Ines. Se l'era immaginata bellissima, invece anche con la mascherina assomigliava a un topino. Prima che Michele avesse il tempo di farsi domande, Ines sollevò un sopracciglio per ordinargli di avvicinarsi.

– A te non ti ho mai visto. È il tuo primo giorno. Giusto?

Michele avrebbe dovuto dirle che lo mandava il Cometa, ma si vergognava.

– Come ti chiami?

– Michele Jurman.

– Ok, Michele Jurman, vediamo un po' che cos'ho qui per te.

Ines abbassò gli occhi sulle consegne. Quando li risollevò, le sue sopracciglia si drizzarono come code di cani.

– Sei fortunato, Michele Jurman. Te la senti di prenderti un Sip?

Michele balbettò che era entusiasta di prendersi un Sip, anche se non aveva la minima idea di che cosa fosse un Sip. Le sopracciglia di Ines si arcuarono in una specie di sorriso e, magicamente, da una porticina automatica all'altezza delle sue gambe comparve un borsone.

Michele accennò un inchino e, dopo avere raccolto la borsa, raggiunse in fretta il Cometa e gli altri psychorider in fondo alla piazza.

– Mi hanno preso, Cometa. Mi hanno dato un Sip... Che cos'è un Sip?

Il Cometa voltò il casco giallo verso di lui.

– Significa Secret Important Person.

– E cioè?

– E cioè è uno importante, fratello.

– Tipo?

– Tipo non si può sapere. L'identità dei Sip è segreta. Altrimenti sarebbero dei Vip qualunqui. Non ti pare, fratello?

A Michele pareva. Il nonno gli aveva raccontato che una volta le persone erano disposte a tutto per diventare famose. Si esibivano in balletti idioti, pubblicavano foto con il culo di fuori o in bilico sui grattacieli. Ma da quando erano cominciate le epidemie e il controllo si era intensificato, rimanere anonimi era diventato un privilegio.

– Ma come faccio a fare la consegna se non so chi è?

– Devi aspettare la chiamata dell'agenzia che se ne occupa.

– E vengo pagato di più?

– Più che altro lavori di meno. Fai meno consegne. Ti dico solo che vale quattro Vip e dieci Nip.

– E i Nip chi sarebbero?

Il Cometa lo fissò sconsolato.

– Quelli che non contano un cazzo, fratello. I Non Important Person. Hai presente il Moviola?

Gli altri consegnator scoppiarono a ridere, poi rise anche

il Moviola. Avevano tutti gli occhi felici. Stavano ancora ridendo quando il Cometa si portò una mano sul cuore e si mosse verso la bici, seguito dagli altri. Per qualche secondo Michele restò a osservarli. Il sole spuntò oltre lo spigolo del palazzo di Happydemia e lui strizzò gli occhi per non essere accecato. Sarebbe stata una giornata molto calda e il lavoro era pagato una miseria. Erano poveri e non se ne rendevano neppure conto, ma al pensiero di vivere in strada si sentì allegro anche lui.

5.

La prima consegna era in centro – al centro del primo cerchio della prima cerchia. Sulla app di Happydemia – la Happ – la cliente era classificata come Vip. Michele pronunciò ad alta voce indirizzo e numero civico, e si mise in viaggio seguendo le indicazioni che gli arrivavano nell'auricolare. Per strada non c'erano quasi macchine, solo furgoni guidati da peruviani. Ma non era come alla vigilia di altri lockdown. La gente sembrava più nervosa.

In meno di dieci minuti, Michele avvistò quattro volanti della polizia e cinque ambulanze a sirene spiegate. Gli risuonò in testa una frase che aveva sentito chissà quando: “Non chiedere mai per chi suona l'ambulanza. Suona per te”.

In una piazza alberata alcuni militi stavano controllando i documenti di una bambina che, soffiando bolle di sapone, poteva spargere il contagio. Più in là un tipo aveva organizzato un servizio di cani a noleggio: Michele si ricordò di una scritta a pennarello che aveva letto su un muro in metropolitana: “Allevate levrieri per ciechi che hanno fretta”. Anche il tasso di eleganza generale era calato: lo smart working produceva underdressing. Ci si lavava di meno, tranne le mani. Nelle strade erano scomparsi nasi, menti, labbra, che ormai potevano essere mostrati soltanto in privato, come in Arabia Saudita. La crisi dei produttori di rossetto e della rinoplastica era a malapena compensata dalla crescita delle vendite di ombretti e mascara. Anche la moda si stava rintanando nelle case. All'esterno aumentavano le uniformi e dilagava la sciatteria. In un controviale un runner grassone si faceva l'ultima corsetta in mutande prima che il governo chiudesse tutto di nuovo, ma ciò che inquietò maggiormente Michele fu che in ogni strada c'erano persone vestite di nero. Erano membri delle Brigate Semmelweiss, così chiamate in onore del medico ungherese che a metà Ottocento aveva scoperto l'importanza di lavarsi le mani: per evitare di ammassarsi avevano convocato una manifestazione occupando una via a testa. I complottisti si riconoscevano perché parlottavano in disparte, ma Michele non lo sapeva. C'erano anche i negazionisti, ma avrebbero negato di esserci.

Alle 8.28 Michele era davanti alla casa, un palazzo di marmo bianco che sembrava essere stato smerigliato a mano da Michelangelo Buonarroti. Il custode, forse un cingalese, sbadigliò a piene mascelle sotto la mascherina e tossì, indicandogli la prima scala a destra.

– È troppo presto? – chiese Michele.

– Sei già il terzo, questa mattina, – rispose, tossendo di nuovo.

Da quando erano cominciati i contagi i portinai avevano acquisito potere poiché la soglia era diventata una postazione strategica. La casa si era trasformata in un guscio che proteggeva e in una cella che imprigionava. Michele entrò in ascensore e, quando schiacciò il pulsante del quarto piano, l'abitacolo fu invaso da una zaffata nebulizzata di disinfettante all'aroma di eucalipto per la sterilizzazione automatica dei visitatori. Sul pianerottolo suonò un campanello di ottone lucente. Gli aprì una cameriera in livrea con mascherina coordinata che lo squadrò scocciata:

– Eccone un altro. Entra, muoviti.

Da dietro giunse una voce di vecchia.

– Fai passare, Ninì. Sarà per la tintura.

Michele pedinò Ninì lungo un corridoio in boiserie e attraverso un salone con una parete interamente occupata da una veduta ottocentesca del Duomo grande come il Duomo. Da lì fu condotto in un salotto più piccolo con il pavimento invaso di pacchi e pacchettini dove la padrona di casa si stava facendo fare la manicure senza mascherina da una ragazza cinese con mascherina.

– Vieni avanti, carino, cosa aspetti? Siediti.

Michele si sedette sul bordo di una poltroncina in velluto e la vecchia si sollevò dallo schienale della dormeuse per scrutarlo più da vicino.

– E togliti questa mascherina, dai! Fatti vedere in faccia.

– Veramente, signora, non posso. È contro il regolamento.

Michele si voltò verso Ninì in cerca di aiuto, ma la signora lo richiamò subito all'ordine. Aveva notato il borsone.

– Non sei quello delle tinture, vero? Che cos'è che mi hai portato allora?

– Sono qui per l'ordine di Happydemia…

– Ah, Happydemia…

– Consegniamo psicofarmaci, signora.

– Ah già, sì, gli psicofarmaci! Per dormire bene non c'è niente di meglio, sciolti in un whiskino.

Protese la mano libera e afferrò le tre scatole che Michele le stava porgendo protendendo al massimo il braccio per mantenere le distanze.

– Ma che cos'è che fai? Ti allunghi? Non mi dire che alla tua età sei di quelli che hanno paura del virus? Io la maschera mi rifiuto di metterla. Ho fatto il Sessantotto.

All'esterno passò un'altra ambulanza e la signora si bloccò.

– Ma basta con questo panico. Accendono le sirene per farci paura. È tutta un'invenzione per limitare la nostra libertà!

Poi aprì una scatola e si calò una pastiglia.

– È il capitalismo il virus, carino. Non esiste in natura. L'avranno costruito i cinesi in qualche laboratorio, no?

La ragazza cinese che le stava facendo la manicure sollevò gli occhi a mandorla sulla signora che, però, non se ne accorse.

– Ma hai idea di cos'ho visto stamattina sul terrazzo?

Michele non l'aveva.

– Un pappagallo amazzonico, di quelli gialli e azzurri. Era grasso come un pollo. Com'è che li chiamano? Ara! Ti rendi conto? Ma cos'el fa' chì a Milàn cont sto càld? È il cambiamento climatico, caro. La natura riprende il suo corso. L'unica è consumare di meno, la decrescita felice, hai presente?

La signora fece un sospiro, sembrava essersi annoiata da sola, e si voltò verso la cameriera.

– Ninì, ma quand'è che arriva la tintura? Non ne posso più di sembrare una vecchia.

Abbassò la testa perché Michele verificasse la scriminatura ingrigita che spegneva l'arancione acceso dei capelli. Poi la risollevò inviperita.

– Ma che decrescita e decrescita... Questa è la ricrescita felice!

Michele uscì frastornato. Quella signora sembrava incapace di intendere, ma capacissima di volere. Per le scale cercò il nome su Google. Discendeva da una delle più antiche famiglie della città. Il suo nome completo era Milly Antartica Visconti (il secondo nome in ricordo del trisavolo Azzone, il più provetto sciatore di tutta l'Engadina che nel 1892 aveva partecipato alla prima missione in Antartide al seguito del comandante Carl Anton Larsen accompagnandolo nella prima sciata effettuata dall'uomo su quei ghiacci perenni). Si era fatta una certa fama con la proposta di salvare Venezia facendo pagare l'ingresso ai turisti con i sandali, ma vietandolo a quelli che sotto i sandali portavano anche le calze.

Michele stava ancora fantasticando sul candore immenso del Polo Sud, quando si accorse che sul sellino della bici c'era lo *sciaf* di una grossa, biancastra cacca di uccello. Milano era diventata una città per rider e piccioni. Rimontò in sella e controllò la Happ. Doveva raggiungere l'estrema periferia est, ci avrebbe messo almeno mezz'ora. Cominciò a pedalare, chiedendosi in quale momento della giornata gli emissari del Sip si sarebbero degnati di chiamarlo. Via via che si allontanava dal centro, la gente era sempre più numerosa perché diminuivano i pensanti, cioè quelli che potevano permettersi di lavorare da casa, e cresceva l'esercito dei curatori, fabbricatori e consegnator. Per diminuire il rischio di contagio molte scuole si erano trasferite ai giadinetti dove i bambini facevano lezione sulle panchine o seduti per terra. Michele vagò per ore nell'hinterland dove era concentrata la maggior parte degli ordini. Consegnò un pacco di Sciallox al portinaio di un palazzone popolare a cui mancavano tre denti davanti. Dopo essersi ingollato due pillole, si abbassò la mascherina sul collo per cercare di vendergli l'anellino della cresima di sua figlia.

Quando Michele tornò verso il centro era già pomeriggio inoltrato e il Sip non si era ancora fatto sentire. L'ultima consegna era in un condominio senza portineria. Suonò il citofono tre volte e, finalmente, dopo diciassette minuti di attesa, dall'ascensore emerse un vecchio macilento in pigiama che avanzava strisciando i piedi. Stava per fargli firmare la ricevuta, quando il suo telefono cominciò a suonare. Numero sconosciuto. Sollevò la mano destra per intimare al vecchio di fermarsi, ma dall'altra parte della linea la voce aveva già cominciato a parlare.

– Pronto, buongiorno. Michele?

La ragazza aveva una voce che sembrava fatta di piccoli passi in punta di piedi su un tappeto di foglie secche.

– Sì, sono io. Chi parla?

– È per la consegna. Il Sip, ha presente?

– Sì.

– Mi chiamo Miriam. Possiamo vederci?

– Sì.

– Possiamo anche darci del tu?

Michele stava per rispondere che sì, certo, potevano darsi anche del voi se preferiva, quando di là sentì solo silenzio.

– Pronto? Pronto? Mi senti?... Mi senti?

Allontanò il telefono, sullo schermo il timer continuava a correre come se la linea non fosse caduta.

– Mi senti, Miriam? Mi senti?

Il vecchio in pigiama lo fissava sospettoso.

– È la sua fidanzata?

Michele non rispose. Adesso sullo schermo anche i secondi non scorrevano più.

6.

Il telegiornale annunciò la conferenza stampa quando Michele era sotto la doccia. Era l'unico momento della giornata in cui il corpo, da potenziale nemico, si trasformava di nuovo in un alleato da toccare. Attilio aveva messo l'acqua sul fuoco e stava finendo di apparecchiare mentre in tv scorrevano le immagini della sala conferenze vuota in cui rimbombavano, come in un acquario spopolato, voci dilatate, colpi di tosse e scricchiolii del parquet. I giornalisti e l'interprete per non udenti aspettavano annoiati.

Quando il nonno mise il vino in tavola, i giornalisti si drizzarono sull'attenti: era arrivato il Previdente del Consiglio. Era un bell'uomo a suo modo, ma aveva uno di quei visi che visti una volta non te li ricordi mai più. In ogni epidemia lui ci metteva la faccia, proprio perché non ne possedeva una; e siccome non rappresentava nessuno, riusciva a rappresentare tutti. Era stato scelto tra i cittadini di età compresa tra i quaranta e i sessant'anni mai multati per eccesso di velocità, quindi prudenti per natura. Il Previdente avanzò a piccoli passi verso il podio seguito da un uomo magrissimo sui cinquant'anni con i capelli a spazzola grigi e spessi come chiodi. Il nonno Attilio non poteva saperlo, ma si trattava di Pitamiz, fondatore, azionista unico e amministratore autodelegato di Happydemia Spa.

Il nonno scodellò il minestrone nei piatti a fiori rossi comprati con i punti del super, Michele si presentò in cucina in accappatoio, il Previdente del Consiglio salì sul suo piccolo podio e Pitamiz prese posto alla sua sinistra con le mani intrecciate sul pube.

– Ma quello è il padrone di Happydemia! – urlò Michele.

Il nonno gli gettò un'occhiata sospettosa.

– Perché tanto entusiasmo?

Michele allargò le braccia, e il Previdente iniziò a parlare.

– Care cittadine e cari cittadini, da molte aree del Paese giungono notizie di incipienti focolai. Non li consentiremo. Ho scelto la linea della trasparenza, la linea della condivisione, ho scelto di non minimizzare. Prudenza e previdenza sono le nostre virtù. Da domani nelle aree suddette sarà istituito un nuovo lockdown. Inizia ufficialmente la Fase 41bis.

Si portò sul cuore una mano, che subito gli si posò sulla testa per una grattatina veloce. Il tono era pacato come se la questione non lo riguardasse, ma non mancava di una certa solennità.

– Ho anche il dovere di dirvi come un padre, una madre, un nonno, una nonna, un figlio, una figlia...

Accelerò e abbassò confidenzialmente la voce.

– ... o anche come un nipote cugino cugina zio zia prozio prozia cognato cognata suocero consuocero suocera consuocera genero genera nuora nuoro...

Era la litania imperterrita di un vecchio prete severo deluso dai fedeli.

– ...come un amico, insomma. Alla preoccupazione sanitaria si aggiunge il vivo sdegno per atteggiamenti sconsiderati, se non criminali. Il caro collega ministro degli Interni e Soprattutto dell'Esterno mi ha comunicato che si stanno registrando disordini e atti di diffusa irresponsabilità.

Virò la voce al perdono, o almeno alla comprensione.

– È necessario che ognuno faccia la propria parte, soprattutto i giovani che sono chiamati a non esporre al pericolo i propri cari. Comprendiamo che il sacrificio è grande, davvero. Ballare la capoeira a gruppi di dieci davanti a un'edicola? Non lo consentiamo. Travestirsi da vecchietti per saltare la coda al supermercato? Non lo consentiamo. Leccarsi le dita e starnutire sulla frutta esposta? Non lo consentiamo. La gara di sputi? Non la consentiamo. La gara di rutti? Preferirei di no, in ogni ad almeno un metro di distanza.

Il Previdente abbassò il mento. Quando lo rialzò, fissò la telecamera negli occhi.

– Se siete nervosi, calmatevi. Lo Stato non vi lascerà soli.

Il polpaccio sinistro di Pitamiz cominciò a vibrare. Il Previdente girò il collo verso di lui, poi di nuovo verso il pubblico.

– Per favorire la calma e la concordia sociale, poche ore fa abbiamo firmato una storica convenzione con Happydemia Spa, una delle aziende più moderne e dinamiche del nostro Paese. È con grande orgoglio che diamo il benvenuto a Pitamiz, imprenditore e inventore geniale che tutto il mondo ci invidia!

Pitamiz portava un maglioncino scuro a collo alto ed era ossuto. Sembrava timido, a disagio a mostrarsi in tv. Nonostante questo sgusciò sul podio e sorrise. O almeno tentò.

– Grazie, Previdente, è per me un onore grande, – disse leggendo dal telefonino, – essere chiamato a servire il mio Paese in questo momento di smarrimento e dolore. Ho creato Happydemia con un sogno e una certezza: il nostro stato d'animo non è un destino o una maledizione, è una scelta che possiamo fare ogni giorno con l'aiuto della scienza.

Il nonno Attilio ascoltava a bocca aperta con il cucchiaio sospeso a mezz'aria. Pitamiz riprese respiro.

– Lavoreremo gomito a gomito con le più alte istituzioni del Paese per portare a casa di ogni cittadino l'umore di cui ha bisogno. Consegneremo sonno agli insonni, quiete agli inquieti e speranza ai disperati... Vi basterà effettuare l'ordine sulla nostra Happ e aspettare che vi sia recapitata la felicità a casa.

Il Previdente si affacciò sul microfono per aggiungere trionfante:

– La buona notizia è che potranno farlo anche i più poveri, accedendo ai rimborsi previsti dalla legge.

Pitamiz chiosò:

– Il bene comune è il benessere mentale di tutti.

Michele era stupefatto e orgoglioso di sé. Non aveva mai pensato che il suo lavoro potesse avere a che fare con il bene comune. Soltanto il nonno sembrava perplesso:

– Che cos'è che ha detto?

– Che da domani Happydemia consegnerà anche ai poveri.

– Cioè da oggi gli psicofarmaci li passa la mutua?

– Sì, abbiamo appena firmato una convenzione!

– Una convenzione per rincoglionire la gente.

– Anche per aiutarla a dormire, nonno. A non avere paura, a non agitarsi, a rimanere felice.

Ma il nonno non lo stava più ascoltando. Lo fissava severo.

– "Abbiamo"?

– Lavoro per Happydemia, nonno.

L'ombra della delusione si dipinse negli occhi di Attilio.

– E l'università?

Per non rispondere Michele si alzò a sparecchiare. Il nonno si ritirò in camera sua. Tutte le loro liti erano avvenute in silenzio, ognuno immaginando in solitudine i rimproveri e le difese dell'altro.

Mentre puliva, Michele ripensò a Miriam e alla sua voce. Era preoccupato che le potesse essere capitato qualcosa. Le mandò un vocale, che però non venne scaricato.

Quando fu a letto cercò il sito di Happydemia. Forse suo nonno aveva ragione a dubitare di Pitamiz. Cliccò sul "Chi siamo" e lo schermo si illuminò. Sperò fosse Miriam, invece era lo staff di Happydemia:

"Caro Michele, ci auguriamo che la tua prima giornata sia stata fruttuosa e che le consegne non abbiano avuto intoppi. Un caro saluto, e buon riposo. Lo staff di Happydemia".

Il giorno dopo avrebbe dovuto giustificarsi per la mancata consegna, ma l'intoppo non era dipeso da lui, poteva dimostrarlo: l'elenco delle chiamate era eloquente. Raccolse i dreadlock nella cuffia da rasta che usava per dormire e spense la luce. Stava quasi per addormentarsi quando il telefono vibrò ancora e una luce flebile illuminò la stanza buia. Doveva ricordarsi di spegnere le notifiche. Ordinò al telefonino di riferire e, appena il vocale partì, gli si risvegliò il cuore. Era Miriam, con quella voce piena di erre che sembrava un fiume che smuove la ghiaia.

"Scusami l'ora, ma mi si è sputtanato il telefono e con il nuovo lockdown i negozi erano pieni di gente. Sono riuscita a rimontare la batteria soltanto adesso. Sono preoccupata perché devo dargli qualcosa entro stanotte. Non è che possiamo vederci?"

CHI SIAMO

TRASFORMA IL CONTAGIO NELLA TUA OCCASIONE DI FELICITÀ!

Noi di Happydemia♥ siamo arrivati per ultimi e ne siamo orgogliosi, perché gli ultimi saranno i primi.

In principio – prima che la Rete ricoprisse i Cieli e la Terra, che i social network ci connettessero agli altri uomini, agli animali e alle cose, che le fotocamere ci trasformassero in spettacolo – gli esseri viventi vagavano allo stato brado, liberi ma soli, provvisti di cinque sensi, quattro arti, venti dita, miliardi di emozioni e carte di credito inutilizzabili.

Fu allora che i più saggi e astuti si incontrarono in un luogo segreto (la pizzeria Comet Ping Pong di James Alefantis al 5037 di Connecticut Avenue, Washington) per spartirsi i bisogni dei loro fratelli e sorelle, un impero sconfinato a disposizione dei primi in grado di recintarlo. Si trattava soltanto di avere un'idea e di reclamarla prima degli altri. I più svelti furono due ragazzini americani di nome Larry Page e Sergej Brin, che scattarono in piedi come un sol uomo e gridarono insieme:

– Noi ci prendiamo quelli che stanno cercando qualcosa!

– Io quelli che vogliono avere amici e nemici! – alzò la mano lestissimo un tipo con la faccia da cavallo che si chiamava Zuckerberg.

– Io quelli che vogliono comprare qualsiasi cosa, – si avventò, veloce come un cobra, un pelatino di nome Jeff Bezos.

– Noi becchiamo quelli che si vogliono esibire! – urlarono Kevin Systrom e Mike Krieger di Instagram.

– E io quelli che vogliono litigare, – ridacchiò Jack Dorsey di Twitter.

– Io mi accatto i drogati di serial, – stabilì Reed Hastings di Netflix, che aggiunse: – Il nostro unico competitor sarà il sonno.

– E io quelli che vogliono ascoltare una canzone, – disse in svedese Daniel Ek, quello di Spotify.

– Noi quelli che vogliono viaggiare in aereo, – si precipitarono Martha Lane Fox e Brent Hoberman di Lastminute.

– Noi i poveri che vorrebbero l'autista ma non possono permetterselo, – alzarono la mano i fondatori di Uber, Garrett Camp e Travis Kalanick.

– Io quelli che amano ballare e fare i cretini! – urlò Zhang Yiming di TikTok.

– E noi quelli a cui piace affittare le case, – dissero Brian Chesky, Joe Gebbia e Nathan Blecharczyk di Airbnb.

– Ma qualcuno con un nome normale non c'è? – domandò Will Shu, prima di proclamare: – Io porterò il cibo a casa di quelli che non hanno voglia di uscire... Si chiamerà Deliveroo.

– A me date quelli che hanno bisogno d'amore, – sospirò romanticissimo Gary Kremen, l'inventore di Match.com.

– E noi ci accontentiamo di quelli che vogliono scopare, – sghignazzarono i fondatori di Tinder, Sean Rad, Jonathan Badeen, Justin Mateen, Joe Munoz, Dinesh Moorjani e Whitney Wolfe.

– Forrà dire che mi dofrò far bastare ki fuole solo gvardare, – sussurrò con pesante accento tedesco Fabian Thylmann, sognando già Youporn, Pornhub, Brazzers, Xhamster e RedTube.

A fine riunione tutti si davano grandi pacche sulle spalle ridendo e ruttando birra, pizza e cheeseburger. Ognuno pregustava i fantastiliardi che presto avrebbe accumulato. Si erano illusi di essersi spartiti tutti i desideri e i bisogni dell'umanità. Invece si erano dimenticati della Felicità. Si erano dimenticati che l'essere umano vive soltanto se dentro ha un cuore che batte.

Ecco, noi di Happydemia♥ siamo nati così ;)
Per noi la ricchezza più grande è rendervi felici.

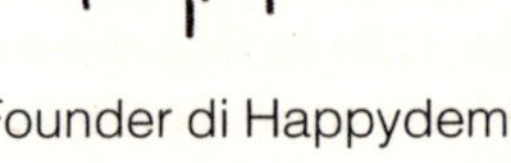

(Pitamiz, Ceo e Founder di Happydemia♥)

7.

Pedalando lungo il viale alberato che dalla periferia lo avrebbe portato all'appuntamento con Miriam, Michele intuiva le sagome buie della gente affacciata a osservare le finestre di fronte. Spiare la vita degli altri era diventata un'abitudine diffusa di cui nessuno parlava, per non rovinarla. Si guardava meno la tv, si stava meno su Internet e si spegnevano le luci presto per assistere a ciò che accadeva dentro le case degli altri. Molte storie d'amore erano nate così, da finestra a finestra, il problema era che dalla sua camera Michele vedeva solo la pista dell'aeroporto.

Con Miriam doveva vedersi dietro il giardino dei fenicotteri e dei pavoni. Intorno al suo corpo dava spettacolo settembre. Arrivarono insieme e si riconobbero subito. Lui tolse il casco e scrollò la testa, spargendo ovunque i suoi dread. Lei fece lo stesso, e a Michele sembrò che i capelli di lei, aprendosi a ventaglio, venissero rallentati dall'aria.

– Sembri un asterisco, – disse lei.

– Anche tu, – disse lui.

– Ok. Affare fatto. Sembriamo due asterischi.

Aveva qualche anno più di lui, lo si capiva dalla sicurezza con cui si muoveva, ma gli ricordava anche la ragazza che aveva quasi baciato alle medie. Quando sorrideva agli angoli degli occhi le si formavano due piccole pieghe più belle delle labbra e i suoi capelli scuri brillavano al buio. Indossava pantaloni da maschio con le tasche sui lati e una mascherina nera con i bordi di pizzo. Per l'emozione Michele non riusciva a legare la bici. Miriam lo osservò, tenendosi lontana.

– Mi dispiace averti fatto uscire a quest'ora, ma non sapevo proprio come fare. Grazie.

Michele chiuse gli occhi per dire prego e Miriam li spalancò per sorridere. Lui cominciò a rovistare nello zaino. Cercava una scatolina lunga, una confezione monodose con dentro una fiala di vetro, e intanto si domandava per quale ragione qualcuno avrebbe mai dovuto ordinare una fiala alla volta, era un mistero, forse volevano metterlo alla prova davanti a lei che continuava a guardarlo toccandosi la fronte – lo aveva subito notato che si toccava la faccia con le dita, le sopracciglia, gli zigomi, le orecchie piccole, anche se era anti-igienico – e finalmente, proprio sul fondo, annidata nella più intima piega dello zaino, Michele sentì la scatola sotto i polpastrelli e gliela porse. Miriam disse grazie di nuovo.

Ora Michele avrebbe dovuto parlare, ma non sapeva che dire. Per fortuna gli venne in mente che sarebbe stato gentile mostrarsi preoccupato.

– Spero niente di grave oggi con il telefono...

Miriam si arricciolò una ciocca intorno all'indice, sopra la spalla sinistra.

– Ma no, figurati. Dovevo solo cambiare batteria. Ma con questa cosa del lockdown la gente è andata fuori di testa. Davanti al negozio c'è stata una rissa tra due negazionisti, erano senza maschere ma lo negavano, e una con la maglietta nera con la scritta "Ricordati che devi morire" che doveva essere delle Brigate Semmelweiss.

Michele aveva già sentito parlare delle Brigate Semmelweiss, ma non sapeva bene che cosa volessero e non voleva fare la figura dell'ignorante. Forse Miriam lo capì.

– Sai, quei fanatici che pretendono che nessuno esca più di casa?

– Ma se nessuno esce più di casa, muore.

– È meglio morire in casa, per loro.

– È meglio morire all'aperto, per me.

– Sì, ma i negazionisti sono quasi peggio. Dovevi vederli. Sceglievano le parole con più esse ed effe per sputacchiarsele addosso. Uno le ha urlato in faccia: “Sussiste il fondatissimo sospetto che il virus non esiste. È stato sintetizzato! L’infezione è un’invenzione”. E per farla incazzare di più, l’altro ha aggiunto: “Se assassinassero l’assessore di Sassari con un sasso non sussisterebbe assoluzione possibile!”.

– Oggi ho consegnato un pacco a una così, – commentò Michele.

Miriam impennò leggermente le spalle come a dire *che culo* e Michele si sentì allegro.

– Non ho capito se credono davvero che il virus non esista o se ne fregano e basta.

– Credono che non esista perché preferiscono che non esista. Non vogliono essere disturbati.

Parlare con Miriam era facile perché parlava tantissimo. Stava per dirle che la vecchia voleva essere chiamata la Ricrescita felice, quando un grido li fece tacere. Sembrava un dinosauro.

– Mi sa che i negazionisti ti hanno beccato, – disse Michele.

– Mi sa che abbiamo svegliato il pavone invece.

– Fa un verso strano. Deve essere arrabbiato.

– È un paululato, il verso dei pavoni si chiama così. Lo sapevi?

Era un’altra cosa che Michele non sapeva. Per fortuna al paululato seguì una raffica di starnazzi gutturali e squittii più acuti e ridicoli. Miriam alzò un dito per indicare i suoni nell’aria.

– Questi sono fenicotteri, invece.

– Forse si sono offesi.

– Sì, loro sono delle Brigate Semmelweiss...

Miriam si arricciolò un’altra ciocca.

– Senti, io ho ancora un’ora da aspettare... Il cliente sta partendo adesso da Roma con il suo aereo privato. Lo so che è tardi, ma ti va se stiamo ancora un po’ insieme?

Era una domanda che a Michele non avevano mai fatto, nessuna ragazza almeno.

Miriam estrasse dallo zaino un mazzo di chiavi e si mosse per attraversare la strada.

– Allora? Vieni?

Il portone era proprio sull'angolo della casa di fronte. Dopo alcuni tentativi falliti, Miriam infilò la chiave giusta nella serratura della pesante grata di ferro battuto che conduceva all'interno. Attraversarono un atrio rivestito di mosaici passando davanti a una testa in marmo che sembrava scolpita nella cera e arrivarono in un piccolo giardino.

Si sedettero uno di fronte all'altra, ma a distanza di sicurezza, su due panche di pietra addossate ai muri. Il profumo violento di un glicine viola tardivo che traboccava dall'alto inondava l'aria.

Michele avrebbe voluto vederla oltre la mascherina, oppure no, in realtà non lo sapeva, perché se le avesse visto la bocca e il naso magari gli sarebbe sembrata normale e invece voleva che rimanesse speciale.

Miriam gli raccontò che il suo cliente abitava da solo in un appartamento di quattrocento metri quadri, ma aveva anche una dépendance che usava come dispensa. Lo disse troppo ad alta voce e lui si preoccupò che gli altri condomini chiamassero la polizia per farli arrestare, invece lei spiegò che il cliente era l'unico inquilino. Il palazzo era disabitato da anni, si erano tutti trasferiti nelle case in campagna, come la quasi totalità di quelli che vivevano in centro. Miriam gli spiegò che l'agenzia per cui lavorava – *Gli in*vips*ibili* – collaborava con Happydemia per rifornire i clienti importanti, quelli che si rifiutavano di dare il loro indirizzo agli psychorider in modo da rimanere anonimi. A lei era stata affidata una ventina di clienti, ma il più importante era quello che stava per arrivare. La maggior parte prendeva psicofarmaci, soprattutto antidepressivi, qualcuno cose più strambe, soprattutto allucinogeni, c'era un club che organizzava orge, vernissage di arte contemporanea, presentazioni di libri, concerti punk e quartetti da camera. Michele nella penombra le osservava le labbra che, muovendosi sotto la mascherina, ne increspavano il pizzo. Per non apparire invadente, alzava lo sguardo sul rettangolo nero del cielo, meravigliandosi che, da quando i bar chiudevano alle dieci di sera, erano apparse tantissime stelle.

Dopo un'ora, il telefono di Miriam emise un suono cupo, prolungato, e i suoi occhi cambiarono umore. Il cliente stava per atterrare. Quando furono alla grata, Michele immaginò di baciarla, ma Miriam sembrava agitata. Aveva già aperto il cancello.

8.

Pitamiz irruppe nell'androne parlando al telefono con l'ex Primo ministro dell'Interno. Aveva visto la chiamata mentre apriva il cancello e si era sentito morire di noia, ma questa volta doveva rispondere. Dalla mattina l'ex ministro lo aveva chiamato nove volte, una perfino durante la conferenza stampa. Non avendo più niente da fare, era diventato uno stalker. Non avendo più nemici da additare al popolo – i migranti, l'Europa, i radical chic, erano stati tutti inghiottiti dai virus – cercava disperatamente di trovare un'idea credibile per ottenere di nuovo attenzione. Aveva provato a cavalcare tutti i complotti possibili, perfino l'ufologia e il terrapiattismo, ma anche i complottisti lo avevano ignorato. Adesso era furioso perché nessuno lo aveva informato della decisione di rendere rimborsabili gli psicofarmaci – decisione che a suo dire "avrebbe fatto passare la voglia di lavorare anche ai vucumprà". La verità è che il mancato invito a *Sparlamento* gli bruciava tantissimo. Pitamiz provò a farlo ragionare.

– Non ci sono mica solo gli antidepressivi. Esistono anche gli eccitanti, non lo capisci? La psicofarmacologia è il futuro del lavoro.

Pitamiz entrò in ascensore e schiacciò con violenza il tasto del piano attivando i nebulizzatori di disinfettante al lampone. L'ex ministro doveva essersi acquietato perché Pitamiz argomentava con più calma e l'ex Primo ministro dell'Interno lo lasciava parlare.

– Ma, sì, certo che l'economia è importante. Lo dici a me che faccio l'imprenditore? È questione di trovare il giusto mix, credimi. La voglia di lavorare di un Paese dipende dall'umore. E l'umore dipende dalla chimica.

Pitamiz suonò il campanello di casa, senza smettere di parlare.

– Esatto, l'idea è proprio questa: prima li si calma, poi gli si fa muovere il culo. Che ne dici? Ti piace? Adesso ti senti più tranquillo?

Dall'altra parte l'ex Primo ministro annuì: che qualcuno gli parlasse ancora, in fondo gli faceva piacere.

La porta si richiuse alle spalle di Pitamiz e Miriam si scostò per lasciarlo passare. Indossava un camice bianco e si era raccolta i capelli fissandoli con una bacchetta laccata per sushi. Al posto della mascherina nera di pizzo, ne indossava una chirurgica. Pitamiz la raggiunse in salone con un pigiama a righe e si distese su una chaise longue di velluto rosso fiocamente illuminata. Miriam gli si avvicinò, reggendo un vassoio d'argento su cui aveva disposto una fiala, un laccio emostatico, una siringa e un flûte di champagne. Pitamiz, bevendo, chiuse gli occhi e allungò l'avambraccio scoperto. Miriam annodò il laccio, preparò la siringa e attese che le vene si gonfiassero. Diede due colpetti con l'indice sulla vena cubitale mediana, poi infilò l'ago nel braccio.

L'uomo fece appena in tempo a riadagiare la nuca sul cuscino. In pochi secondi il farmaco, un composto sperimentale di psicolobicina, cannabinoidi e benzodiazepine, gli dilagò nel sangue, si infiltrò nel midollo della spina dorsale, invase mesencefalo e rombencefalo risalendo nel lobo frontale fino ad aggredire l'area del cervello che disegna i confini dell'ego, del dentro e fuori, del mio e tuo. Sorrideva Pitamiz, beato, le pupille minuscole, quasi scomparse, l'avambraccio ancora proteso e turgido di vene. Sorrideva e rideva e scuoteva la testa, fuso con la stanza, la città e l'universo, senza più io, senza più noi, senza più loro, alla deriva nello sconfinato oceano della vita, e intanto Miriam, seduta al suo fianco, riponeva gli attrezzi con calma e vigilava sul viaggio.

Aspettò qualche minuto prima di sciogliersi i capelli e ripensare a Michele che probabilmente dormiva. Aveva voglia di tornare a casa, ma sapeva che ci sarebbe voluto del tempo perché l'effetto finisse. Trascorse molto tempo senza che nulla di apparente accadesse, ma poco dopo mezzanotte Pitamiz sussultò e scattò a sedere, gli occhi sgranati dall'estasi, con lo stupore con cui si assiste a un miracolo.

– Tu ignori la bellezza. La bellezza che hai. E ignori il potere del sonno.

Pitamiz oscillò avanti e indietro come un giunco piegato dal vento, poi si lasciò cadere bocconi, fuso con il Tutto, perso dentro il Niente, la guancia destra spiaccicata sul velluto, le braccia spalancate come ali e il respiro che gli si faceva sempre più lento:

– Tu ignori, ma io ho compreso il segreto... Il potere è nel sonno... Il potere è nel sonno... Il potere è nel son...

9.

Due aerei da turismo volavano a bassa quota sui tetti di Milano. Il primo era rosso, il secondo era blu. Fin dalle prime ore del mattino le sirene delle ambulanze che, secondo i negazionisti, venivano diffuse artificialmente dal potere per tenere alta l'allerta, si miscelavano al rombo dei motori.

In sella alla sua bicicletta, Michele sentì che nella notte era accaduto qualcosa. Quando arrivò al centro di distribuzione ne ebbe la certezza.

Davanti alla sede di Happydemia c'era più gente del giorno prima. In previsione del forte aumento di richieste, migliaia di aspiranti consegnator si assembravano dall'alba davanti agli sportelli. Erano giovani e vecchi, poveri di ogni nazione, Italia compresa, gente in giacca e cravatta. L'obbligo del distanziamento gonfiava la folla che invadeva le vie circostanti. Per farsi largo e farsi riempire la borsa con le nuove consegne, procedendo a zig zag con grande cautela, Michele impiegò almeno dieci minuti. Gli tornò alla mente quell'unica volta in cui suo padre lo aveva portato allo stadio.

Era quasi arrivato allo sportello di Ines quando avvistò il Cometa che scrutava il cielo. Istintivamente seguì il suo sguardo e rovesciò anche lui la testa all'indietro. Ai due aerei da turismo si era aggiunto un elicottero della polizia, così basso che sulla pancia bianca si poteva leggere il numero di serie. Più in alto, i due aerei incrociandosi disegnavano sull'azzurro una X di fumo bianco. Ognuno trascinava uno striscione.

Quello rosso diceva: "Brigate Semmelweiss". Quello blu era siglato "Conteggi&Contagi". Michele provò a cercare il Cometa per domandargli se sapeva chi erano, quando dal cielo cominciò a cadere una pioggia di volantini. Michele al volo ne afferrò uno blu. C'era scritto: "W l'Economia! M Happydemia! No ai barbiturici di Stato". Un volantino rosso gli planò sulla punta della scarpa sinistra. Si chinò a raccoglierlo. Diceva: "W la Salute! M Happydemia! No ai consegnator infetti".

– Andiamo bene, – commentò il Cometa che intanto lo aveva raggiunto.

– Ci amano tutti, – rispose Michele.

– Non bastavano quei pazzi delle Brigate… Ci mancavano quelli di Conteggi&Contagi!

– Chi sono?

– Negazionisti incollati ai soldi. Dicono che è tutta un'esagerazione. Per loro se muoiono i vecchi è meglio. Sono esaltati perché con loro si è schierato un medico clinicamente pirla.

– Avanti il prossimo! – urlò Ines dal suo bugigattolo. – Siamo sommersi di richieste e voi due ve ne state lì a chiacchierare?

Ines accolse Michele raddrizzando le sopracciglia.

– Devo dire che hai proprio culo, Jurman.

Michele si strinse nelle spalle.

– Ti sono capitati anche due ordini magnum.

– Di nuovo Sip? – chiese Michele sperando di rivedere Miriam.

Ines raddrizzò la schiena: – Non esagerare, ragazzo. Una è la cliente di ieri. La pazza. Ha ordinato un quintale di roba prima di mezzogiorno. All'altro diventare un Sip piacerebbe moltissimo, ma non ha i requisiti. Devi portargli cinque confezioni di Sciallox.

Lo sportello ai piedi di Ines sputò fuori un borsone che era almeno il doppio rispetto a quello della prima consegna. Michele si sentì morire.

– Peserà trenta chili…

– Sei giovane, Jurman. E poi è così per tutti. Stanotte gli ordini sono decuplicati.

Venti minuti dopo Michele era di nuovo davanti alla casa di Milly Antartica Visconti. Si affacciò alla guardiola del portinaio cingalese ma era deserta, sembrava essere stata abbandonata. Salì al piano, suonò, non gli rispose nessuno, così tornò indietro. Stava per andarsene quando sentì delle voci provenire dal fondo del cortile. Le seguì e, dopo aver attraversato un salone interno con il pavimento di pietra, si ritrovò in un meraviglioso giardino. Sotto un cappello di paglia la signora Milly istruiva Ninì che stava dando da mangiare a una folla di fenicotteri, pavoni e uccelli del paradiso. Michele trasalì. Era entrato nel giardino dove aveva visto Miriam la prima volta. Moriva dalla voglia di raccontarglielo. Stava per prendere il telefono per mandarle un messaggio, quando vide Milly venirgli incontro.

– Eccoti, carino. Finalmente!

A Michele venne di fare un inchino, ma si bloccò perché un pavone maschio che apriva la coda emise il suo grido da dinosauro.

– Mi scusi, signora, se sono entrato così, ma non ho trovato il custode.

– Ah, già, lo srilanka. L'ha portato via l'ambulanza stamattina, il virus, dicono, la solita scusa. Si è ammalata tutta la famiglia, ma ti pare possibile?

– Speriamo non sia nulla di grave...

– Ma va' là, per un po' di tosse! E intanto in portineria di srilanka non me ne è rimasto neanche uno... Mi sa che è tutto un complotto, ma chissà cosa c'è dietro. Va be', fammi un po' vedere cosa mi hai portato!

Michele aprì la borsa e Milly ci infilò subito le mani. Cominciò a tirare fuori le scatole una per una e a buttarle sul prato. Dopo pochi minuti nell'erba c'era di tutto: Sciallox, BigSleep, Sleeping Beauty, Ronf Ronf, Dolce far niente, AnsiolinPisolin. Neurolettici, antidepressivi, ansiolitici, stabilizzatori, stimolanti e specialmente sonniferi per dormire tanto, per dormire profondo, per regolare il sonno o per spezzarlo in microsonni, perché da quando erano iniziate le chiusure i sogni si erano accesi. Non solo quelli di Michele. Anche quelli di Milly, che finalmente aveva trovato quello che cercava. Sollevò un braccio trionfante brandendo due confezioni di SuperFreud.

– Stanotte ho sognato che avevo un flirt con un mammuth. Secondo te cosa significa?

– Non saprei, signora… Forse che si sente antica, ma giovane dentro?

In molti dormendo vivevano avventure fantasmagoriche, popolate di esseri sovrannaturali e ambientate in luoghi astratti e sgargianti, oppure facevano incubi spaventosi, più reali del vero, da cui si risvegliavano sudati senza ricordare niente. Per venire incontro alla nuova domanda del mercato, le case farmaceutiche avevano lanciato prodotti per sognare di più o per sognare di meno, per sognare cose allegre, eccitanti, rilassanti, per attutire la paura e rafforzare il coraggio, la coerenza o i colori. I principi attivi, però, erano quelli di sempre – benzodiazepine soprattutto – arricchiti da molecole segrete per giustificare le promesse sussurrate dai marchi.

– È esattamente così! Giovane inside! Sei un genio, – disse Milly stampandogli un bacio in fronte. Poi ritornò a nutrire gli uccelli.

Uscendo, Michele mandò un messaggio a Miriam. Un attimo dopo lei gli rispose: “Aspettami. Sono in zona. Ci vediamo lì tra due minuti!”. Il cuore di Michele cominciò a rimbalzargli nel petto come una palla da tennis. Si trattenne dal saltare di gioia solo perché stava passando davanti alla portineria e immaginò dieci poveri srilanka che tossivano in ospedale.

Miriam arrivò dopo due minuti, non era un modo di dire, e quando Michele la vide scendere dallo scooter, pensò che la bellezza è un modo di muoversi. Ogni suo gesto creava lo spazio che la circondava, sembrava trasformare l’aria in acqua accendendola di scaglie di luce. Miriam si tolse il casco, scosse i capelli e gli sorrise con le piccole pieghe agli angoli degli occhi. Lo salutò con la mano e Michele notò che si mangiava le unghie, un'altra cosa che nessuno faceva più. Portava sempre una mascherina di pizzo, ma di un colore più chiaro. Al di là del cancello, i fenicotteri prendevano il sole.

– Meno male che sei qui! – disse Miriam. – Mi ha appena chiamato il cliente. Vuole un po' di alprazolam. Non è che me ne dai un po' al volo?

– Che cos'era l'alprazolam? La testa di Michele cominciò a comporlo al contrario. Sembrava una parola araba. Malozarplà, forse?

– Ce l'hai, vero? Sono gli ansiolitici normali, lo Xanax, per esempio.

– Si dice Xanax?

– Perché tu come lo dici?

– Pensavo si dicesse X-Ana-X... Per-Ana-Per...

– Peranapèr? Sei proprio scemo...

Di Xanax ne aveva a bizzeffe. Era felice di fare bella figura. Abbassò la testa per cercare nello zaino e i dreadlock, cadendo in avanti, si sparpagliarono formando una tendina.

– Sembri quelle finestre con le strisce di plastica per non fare entrare le mosche , – rise Miriam.

– Ieri non assomigliavo a un asterisco?

– Oggi più a un mocio...

Michele le diede la scatola e Miriam rimase con il braccio proteso per un attimo in più, come se volesse dirgli qualcosa.

Ma non dissero niente. Soltanto: – Devo andare ora...

Ma lo dissero insieme.

Michele era in ritardo, per fortuna l'indirizzo dell'ultimo ordine magnum non era lontano. In bici gli arrivò un messaggio di Happydemia: "Muovi il culo, Jurman. Il cliente ha già chiamato due volte". Sapevano sempre in che punto del mondo ti trovavi.

Era una casa moderna con la facciata ricoperta di piastrelline in klinker marron e gli infissi di alluminio spazzolato. Sull'ordine c'era scritto "Secondo piano. Citofono 49". La lugubre voce di un uomo che sembrava al tempo stesso assonnato e nervoso gli ordinò di salire. L'ascensore non funzionava, qualcuno doveva essersi dimenticato lo sportello aperto. Michele fece le scale quasi di corsa, ancora eccitato per aver rivisto Miriam. La porta si aprì prima che il dito toccasse il campanello. Era un uomo sulla quarantina, in mutande e senza mascherina. Portava la barba e aveva gli occhi tristissimi. Michele ebbe la sensazione di averlo già visto.

– Dovevi arrivare mezz'ora fa, – disse lentamente l'uomo.

– Mi scusi.

– Dai qua, muoviti.

L'uomo protese una mano. Aveva le nocche pelose. Michele controllò in fretta l'ordine e gli porse il dovuto. L'uomo lo afferrò in fretta e gli richiuse la porta in faccia. Michele si bloccò sul pianerottolo: aveva appena consegnato cinque scatole di Sciallox all'ex Primo ministro dell'Interno italiano.

10.

L'ex Primo ministro dell'Interno ingollò due pasticche di Sciallox e si stravaccò sul divano. Era a secco dalla sera precedente, infatti aveva dormito malissimo e si sentiva sperso come un terrapiattista in orbita intorno alla Terra. Rovesciò la testa all'indietro, aspettando che le benzodiazepine gli invadessero il cervello e rallentassero i pensieri che per tutta la notte gli avevano assaltato la testa. Stava cominciando a sperare di potersi finalmente assopire, quando sua madre fece irruzione in salotto spingendo un aspirapolvere urlante. Lo spense appena vide le cinque scatole di Sciallox sul tavolo. E fu peggio, perché cominciò a urlare lei.

– Hai fatto un'altra ordinazione da Happydemia?

Il figlio aprì gli occhi, ma non rispose. Si passò una mano sulla fronte nel tentativo di tenere a bada i fantasmi che stavano riprendendo vigore. La madre continuava a fissarlo. Che cosa voleva saperne lei? Per ritornare famoso aveva cambiato look, si era fatto crescere la barba e si era arreso agli occhiali da presbite, eppure era rimasto invisibile. Il giorno prima quelli di Happydemia gli avevano addirittura comunicato che non aveva i requisiti per diventare un Sip, una Secret Important Person, a lui!, che era stato l'uomo più potente del Paese. Si vergognava di andare in farmacia di persona per procurarsi gli psicofarmaci e sua madre, che era ancora in attesa di una risposta, si rifiutava di andare al suo posto. Da un anno era tornato a vivere da lei per risparmiare, nella stessa casa in cui era cresciuto, nella stessa cameretta, nello stesso salottino con vetrinetta di sempre, ma invece di tranquilizzarsi si sentiva soffocare. Sollevò sulla madre uno sguardo lontanissimo e, senza che lo avesse deciso, le sue labbra si aprirono.

– Dove sono finite le persone che mi amavano, mamma?

– Sono ancora tutte ancora lì, solo che non ti amano più.

– Perché, mamma? Prima mi sommergevano di cuoricini per qualsiasi scemenza.

– Era comunque una scemenza.

– Però gli piaceva...

La madre si portò le mani sui fianchi.

– Cercano solo di sopravvivere e sanno che arrabbiarsi è uno spreco di energie.

Tutta quella rabbia però, pensò l'ex ministro, da qualche parte doveva esserci ancora. Si trattava solo di farsi venire l'idea giusta per riacchiapparla e manovrarla. Forse si trattava solo di aspettare, perché prima o poi il mondo sarebbe tornato quello di prima... Ma se a quel punto fosse stato troppo tardi? Già li vedeva, gli sciacalletti e le iene che scalpitavano per prendere il suo posto. La mamma aveva ragione, non poteva restarsene in eterno in poltrona a ingozzarsi di ansiolitici. La guardò e si accorse che aveva un'espressione più dolce.

– Ho pensato che forse dovresti cambiare lavoro. Sai fare tante cose...

– Mamma, io so solo parlare.

La mamma gli si sedette di fianco, sul bordo del divano:

– Però parli bene, fin da bambino. Ti ricordi quando in prima elementare la maestra Luisa ti diede la medaglia d'oro per il tuo discorso davanti a tutta la classe?

L'ex ministro l'aveva sentita mille volte quella storia. E gli dava fastidio quando la madre lo guardava come un bambino che ritorna a casa deluso. Lei gli sfiorò i capelli con le dita.

– Non so dirti come e quando, ma vedrai che cambierà.

La detestava quando assumeva quel tono da canzone degli anni sessanta. Allungò le gambe sul pouf sentendosi mancare il respiro: il sudore gli appiccicava i pantaloni alle cosce e la camicia alla schiena. Sussurrò:

– A me m'ha rovinato il coronavirus, mamma.

– Non è una buona ragione per rassegnarsi. Possibile che non ci sia più niente che ti piaccia?

– A me piace il potere.

– Lo avevi il potere. Hai esagerato.

– È che quando sei potente ti accorgi che non puoi fare tutto. E quindi capisci che sei impotente. Così ti viene la smania di vedere fino a dove puoi spingerti.

– Il potere non è comandare, è servire. E la gente è disposta a servire solo se gli servi. Tu non sei servito abbastanza.

– Ma, mamma! Lo vedi anche tu che razza di incapaci sono questi qui? Non fanno niente, non dicono niente, non rischiano niente, eppure alla gente va bene così. Adesso si sono anche inventati questa storia degli psicofarmaci gratis per rincoglionirli.

– Lo sai che non mi piace quando dici le parolacce.

– Scusami, mamma. Ma ti pare giusto che la regione più colpita sia sempre la mia?

– È perché il virus si comporta come i soldi. Passa da persona a persona. Dove c'è più ricchezza prospera.

La madre gli posò una mano sulla coscia e il figlio notò che sotto la pelle le sue vene erano diventate più scure e sottili, sembravano piccole ossa nere.

– Ci si sente soli a comandare, mamma.

– E allora perché ti piace? Ti piace essere solo?

– No, mi piace l'amore.

– Trovati una ragazza allora!

– È che una donna vuole essere amata e io voglio essere amato io, mica amare un'altra.

La mamma incrociò le mani sul grembo.

– Mi chiedo dove abbiamo sbagliato, io e tuo padre. Non te ne abbiamo dato abbastanza di amore?

– Forse era così tanto che ne volevo ancora di più.

– Pensa a quello che hai. Sei giovane. Sei intelligente,

puoi fare tante cose. Esci di casa. Forse hai solo bisogno di un amico.

– Ho più bisogno di un nemico, mamma. Il virus li ha inghiottiti tutti.

La madre si sollevò in piedi e per fare tacere la malinconia riprese a passare l'aspirapolvere. Il figlio andò in camera sua. Si sentiva più sereno adesso. Era lo Sciallox, ovviamente, ma non gli importava. Si lasciò cadere sul letto e dentro la sua testa era come guardare il mondo di prima, il tempo in cui tutto pareva in ordine ed era facile estrarre consenso dall'odio, il tempo felice in cui i migranti facevano ancora paura e l'Europa non regalava soldi a chiunque, fregandogli l'idea. L'odio si era frantumato in un insensato pulviscolo. Neppure i complotti erano più quelli di una volta. Erano comparsi i negazionisti, i rettiliani, i terrapiattisti, ma più si moltiplicavano, più si indebolivano. Cercavano un colpevole onnipotente perché si rifiutavano di accettare l'idea che il male esiste ed è più forte dell'uomo. Il ministro affondò la faccia nel cuscino e ripensò a sua madre che gli diceva di trovarsi un amico. Non poteva sapere che fin da piccolo, lui un amico ce l'aveva. Immaginario. Lo aveva chiamato Umberto, erano cresciuti insieme ed era l'unica persona al mondo di cui si fidasse veramente. Così, assopendosi, cominciò a dialogare con lui.

– Ho avuto un'idea: dobbiamo farci venire un'idea.

– Bravo.

– Ce la prendiamo con i migranti?

– Sono pochi.

– Ce la prendiamo con i vecchi?

– Sono troppi.

– Ce la prendiamo con i giovani?

– Sono pochi, ma i vecchi gli vogliono bene e quindi sono tanti.

– E allora che cosa facciamo?

– Ho avuto un'idea: dobbiamo farci venire un'idea, Umby.

11.

Chi non moriva, chi non li aveva visti morire, chi non aveva potuto salutarli, chi non aveva dovuto curarli, trasportarli, seppellirli o cremarli, chi aveva ancora nonni, padri, madri, figli, chi non si ammalava e non aveva persone malate, preferiva dedicarsi ad altro – ai bollettini e alle colpe – per trasformare la paura in una serie di numeri, curve e giudizi, così che tutto potesse essere ascoltato in lontananza al di là dei vetri chiusi, come si ascoltavano le sirene delle ambulanze sperando che si fermassero altrove.

Si aspettava che l'onda passasse sicuri che ci sarebbe stato un dopo, prima o poi, e alla fine la massa dei sopravvissuti avrebbe sovrastato e reso invisibile il dolore dei singoli. L'assenza di quelli che non esistevano più, come sempre accade all'assenza, sarebbe brillata per poco prima di essere inghiottita di nuovo dalla voglia di vivere di chi c'era ancora. Di tutti quei morti innumerevoli sarebbe rimasto soltanto il ricordo, un sospiro, un'immagine, un nome: una folla di morti identica a quella dei vivi.

12.

– Ho avuto un'idea che salverà il mondo, – disse Pitamiz tuffandosi in piscina.

Il segretario del Partito del Lavoro Guadagno Pago Pretendo osservò le piante dei lunghi piedi del suo ospite inabissarsi e la testa riaffiorare pochi metri più in là. In treno aveva letto una lunga intervista in cui il padrone di Happydemia esponeva la propria visione del mondo e ne era rimasto turbato, e adesso si ritrovava lì in costume da bagno a bordo piscina si domandava se avesse fatto bene ad accettare l'invito. Giunto sulla sponda opposta, Pitamiz allargò le braccia per ancorarsi all'orlo e, alzando la voce, gli illustrò la sua visione.

– Siamo sessanta milioni. Per evitare assembramenti o ne uccidiamo trenta oppure li facciamo dormire, – proclamò prima di immergersi di nuovo.

Il segretario detestava nuotare. Per non sembrare scortese si fece coraggio e, dopo essersi tappato il naso tra pollice e indice, si tuffò a bomba. Quando riemerse notò che sull'acqua galleggiava una piuma grigia e alzò la testa verso la cupola per capire da dove fosse arrivata, mentre Pitamiz gli passava di fianco nuotando a farfalla.

Il suo ufficio era una spa all'ultimo piano del palazzo di Happydemia Spa: una maestosa vasca interamente pavimentata in marmo di Candoglia, lo stesso del Duomo, sormontata da una bolla di vetro e ferro. Al posto della scrivania, c'erano molte chaise longue, molto chaise e molto longue, e al posto dei ficus benjamin una rigogliosa selva di piante tropicali. Pitamiz riceveva lì non solo per impressionare i suoi ospiti, ma anche perché era convinto, a ragione, che in costume da bagno le persone si fanno più malleabili e propense a scartare dagli schemi abituali degli incontri di lavoro.

A metà della quarta vasca il segretario si fermò a rifiatare, cercando in sé l'orgoglio della storia da cui proveniva. Era abituato a trattare con industriali e sindacalisti, oltre che con politici e giornalisti, non con questi nuovi miliardari che non producevano niente. Credeva nella politica con tutto se stesso, ma si era rassegnato all'idea che l'unica strada per migliorare il mondo fosse non farlo peggiorare. Per più un secolo il suo partito aveva rappresentato il lavoro di braccianti e operai e, anche se negli ultimi anni, fatalmente, era stato costretto ad aggiornare il proprio nome ai nuovi attori sociali, continuava a rappresentare, a detta di tutti, ma soprattutto dei suoi membri, l'unico baluardo della democrazia parlamentare. Non era mica colpa sua se non era più il lavoro a conferire dignità alle persone, ma quello che il lavoro permetteva di comprare. L'amara verità era che i poveri desideravano solo diventare ricchi, e invece il partito per rappresentarli aveva bisogno che rimanessero poveri in eterno.

Il segretario cominciava a incamerare ossigeno, mentre Pitamiz solcava le acque come l'uomo di Atlantide. Era stata una giornata difficile. Da Roma gli avevano fatto sapere che c'erano stati disordini, il più grave a Rieti dove un consegnator di vent'anni, tale Bruno Di Bruno, era stato portato nel locale ospedale San Camillo De Lellis dopo essere stato preso a pietrate dalla folla inviperita per la sua libertà di movimento. Il suo torto era stato sbuffare di fronte a un energumeno che lo accusava di avere sbagliato la consegna:

– Ma che cazzo ti lamenti tu che un lavoro ce l'hai? – gli aveva gridato il tipo prima che apparissero i suoi cugini armati di spranghe.

Qualcuno per fortuna aveva chiamato l'ambulanza, ma i lettighieri avevano preso le parti degli assalitori uniformandosi alla buona regola secondo cui quando ci sono due folle che urlano, conviene urlare con quella più grossa. Il numero dei morti si ingrandiva ogni giorno, ma questa volta la paura si traduceva in aggressività e sconforto più che in ubbidienza. La possibilità di avere psicofarmaci gratis non eccitava le masse e i divietini contenuti nel nuovo decreto – specialmente il tetto dei 100 euro per fare la spesa – facevano imbestialire la gente.

Finalmente Pitamiz si fermò. Purtroppo scelse la sponda opposta a quella dove il segretario del PdLGPP lo stava aspettando. Sorrise freschissimo:

– Allora, le interessa l'idea che rivoluzionerà il mondo?

Si issò sul bordo e andò a sdraiarsi su una chaise longue, costringendo il segretario a un ultimo sforzo fino alla scaletta.

Pitamiz inspirò profondamente.

– Lei lo sa qual è l'attività umana fondamentale per l'economia?

– Questa la so! "L'Italia è una Repubblica fondata sul lavoro"!

Soddisfatto della propria prontezza, il segretario si versò da una brocca un bicchiere di acqua aromatizzata alla menta e carambola, quel frutto giallo a forma di stella di cui vanno pazzi i radical chic. Pitamiz era rimasto immobile, soltanto le sue narici sembravano vive.

– Lei di quante ore di sonno ha bisogno, segretario?

Il segretario scostò il sedere, cominciava a sentirsi di nuovo inquieto anche perché sul pavimento di tek avvistò un'altra piuma e sua mamma gli aveva insegnato che gli uccelli portano le malattie.

– Non so, dipende... In genere otto ore, come tutti...

– Lei lo sa che il sonno, per come lo pratichiamo, è un'invenzione moderna? Anzi, la più grande genialata del capitalismo...

Quel tipo era pazzo, che cosa voleva saperne lui di capitalismo? Pitamiz proseguì:

– I nostri antenati dormivano quando ne avevano voglia e bisogno, come i grandi felini. Almeno fino al Settecento, in Europa, il sonno avveniva in due fasi. Ci si svegliava dopo qualche ora e si rimaneva svegli a bere o chiacchierare in attesa di avere sonno di nuovo. Era perfettamente accettabile non riuscire a riaddormentarsi subito. Oggi, invece, siamo obbligati a dormire otto ore filate e pur di riuscirci ci imbottiamo di sonniferi.

– Capisco, – riuscì a bofonchiare il segretario, che in effetti soffriva d'insonnia, – quello che non capisco è perché lo sta dicendo a me.

– Perché è il suo partito ad avere lottato per limitare a otto ore l'orario di lavoro.

Come si permetteva, quel cretino, di tirare in ballo una delle più gloriose battaglie del movimento operaio?

– Le confermo che non è stato facile, ma le abbiamo ottenute.

– E in questo modo il capitalismo ha trionfato.

– Ma che cosa sta dicendo? Non mi faccia perdere tempo. Mi dica che cosa vuole e ci salutiamo.

– Ci pensi, segretario. Grazie a quella che lei chiama vittoria, la vita dei lavoratori è stata divisa in tre turni perfetti. Otto ore di lavoro, scandite dai tempi decisi dal padrone, e otto di sonno prescritte dai medici.

– Le giornate sono di ventiquattro ore, Pitamiz, non di sedici! Capisco che per lei sia difficile, ma ne ballano altre otto, proprio quelle che i lavoratori hanno conquistato e liberato!

– Ne è proprio sicuro?

– Certo. I padroni avrebbero fatto volentieri a meno di concederle.

– Forse sì, i più stupidi. Gli altri capirono subito che quelle otto ore libere sarebbero state il terzo turno. Altrimenti a chi avrebbero venduto i loro prodotti? Sonno-Lavoro-Consumo: la catena perfetta.

– Senta, abbia pazienza... Magari oggi ci fossero solo otto ore di lavoro. E poi cosa c'entra il sonno? Lei ha detto o li sterminiamo o li facciamo dormire! Che cosa vuol dire?

– Mi lasci finire, segretario. È stato grazie a quella catena perfetta se la vita si è allungata e la popolazione è esplosa. Nel Settecento eravamo cinquecento milioni, oggi siamo più di sette miliardi. Non ci stiamo più. Per i virus è la condizione ideale.

Pitamiz si piegò in avanti e avvicinò pericolosamente le labbra al suo ospite che si ritrasse di scatto.

– Lei le guarda le serie tv, segretario?

– Certo, come tutti, che cosa c'entra?

– Le capita mai di non riuscire a fermarsi?

Il segretario si sistemò sulla sdraio dubbioso.

– In effetti a volte mi succede. Soprattutto con *Grace & Frankie*, posso andare avanti fino a notte fonda. Mi fanno schiantare dalle risate quelle due! Ma non ci vedo nulla di male…

– Niente di male, ovviamente. Le sto appunto dicendo che quelle otto ore non bastano più. Il consumo ha già invaso il sonno e il lavoro.

– E quindi?

– E quindi oggi l'economia regge soltanto se la gente non smette mai di comprare a ogni ora del giorno e della notte.

– Sta proponendo di mettere a pagamento il sonno?

– Non sarebbe una cattiva idea, magari anche i sogni. E forse ci si arriverà, ma non è questo il punto.

– Allora qual è?

– Il punto è che bisogna rivoluzionare i ritmi di vita.

– Bella scoperta. Senta, mi scusi, la questione è semplice: se non c'è lavoro non ci sono i soldi e se non ci sono soldi non c'è consumo. Non mi sembra difficile.

Pitamiz si sventolò una mano davanti alla faccia, come a scacciare una mosca.

– I soldi si inventano, non sono un problema. Servono perché sono una misura dei desideri.

– Mi inventa un miliardo, per favore? Ne avrei proprio bisogno…

Pitamiz accennò un sorriso.

– Non faccia il finto tonto, segretario. Il suo partito chiede già sussidi per tutti: lavoratori, imprenditori, disoccupati, mamme single, famiglie, baristi, cassintegrati, disintegrati… State già pagando le persone per consumare…

– La differenza è che sappiamo che si tratta di debiti che mettiamo sulle spalle delle nuove generazioni.

– Non ve ne frega niente delle nuove generazioni, sia sincero. Io giovani sono pochi e saremo tutti morti quando diventeranno vecchi. Il punto è che questo schema sta in piedi soltanto se le persone hanno ancora voglia di desiderare.

– E di lavorare.

– Anche, ma solo perché il lavoro è un'altra forma di desiderio.

Il segretario sentì un fruscio. Sollevò la testa roteando il collo e finalmente lo vide. Un piccione in volo sotto la cupola cercava una via d'uscita.

– Lo vede quel piccione? – chiese Pitamiz senza aspettare risposta. – Ha un solo desiderio: uscire. Ma non può.

Pitamiz abbassò la voce, e aggiunse tra sé: – E purtroppo mi cagherà nella piscina. – Poi aggiunse: – Desidera uscire perché uscire è la precondizione del desiderare.

Il segretario si illuminò: – Quindi per salvare l'economia bisogna uscire con il rischio di infettarci tutti?

Pitamiz sbuffò annoiato, senza smettere di seguire con gli occhi il volo del piccione.

– Le sto proponendo proprio il contrario. Il meccanismo può reggere solo se continueremo a moltiplicarci.

Nel tentativo di trovare un varco, il piccione picchiò la testa e le ali contro il vetro e per un attimo perse quota. Pitamiz disse:

– Se per magia quel piccione le offrisse il miliardo di cui ha bisogno, lo aiuterebbe a uscire?

– Potremmo fare pagare alla gente la possibilità di uscire di casa…

– Anche questa è un'opzione, ma temo che non siamo pronti.

Il piccione sbatté di nuovo contro il vetro, ma questa volta sbandò e cominciò a precipitare. Si impigliò nei rami del banano e cadde nella piscina. Era di quelli grigi con il collo tinto di viola, ma l'acqua stava già cancellando i suoi colori.

Pitamiz scattò in piedi per andare sul bordo, poi si voltò:

– Viviamo tempi nuovi, segretario, dobbiamo sforzarci di pensare *out of the box*.

Il segretario non capì. Per l'inglese aveva un blocco fin da bambino.

– Dobbiamo ripensare il tempo, – continuò Pitamiz godendosi gli spasimi dell'uccello nell'acqua, – dobbiamo riorganizzare la vita secondo diverse fasi.

Il segretario lo aveva raggiunto e si era inginocchiato sul bordo per cercare di tirare il piccione a riva armeggiando con un salvagente giallo a tubo. Pitamiz gli posò una mano sulla spalla.

– Ma le pare efficiente che sette miliardi di persone si ammassino per sedici ore al giorno e per le altre otto spariscano?

Il segretario scagliò il salvagente come un giavellotto verso l'uccello che ormai non si muoveva quasi più, e si voltò verso Pitamiz che lo scrutava con occhi fanatici preparandosi a rivelare la sua idea.

– Bisogna dormire a turni. E sarà la mia ditta a fornire all'umanità i farmaci necessari per riorganizzarsi e a monitorare, grazie alla nostra Happ, le ore di sonno e consumo. In futuro si potrà anche pensare a un meccanismo di punti-uscita e punti-sonno, ma non oggi. Forse più in là. Le strade e i posti di lavoro si svuoteranno, non ci saranno più assembramenti, ma l'attività continuerà a ogni ora del giorno e della notte. Soltanto allora il desiderio riprenderà a crescere e l'umanità ritornerà a consumare. A quel punto, davvero, l'economia sarà di nuovo più forte del virus.

Era lo slogan che il segretario aveva usato all'inizio della prima epidemia, una settimana prima di ammalarsi, e Pitamiz glielo stava rubando chiedendogli al contempo di rinunciare a tutto quello in cui aveva creduto e per cui il suo partito lottava da un secolo.

Se quella idea fosse passata, ogni istante della vita degli uomini sarebbe stata monitorata e trasformata in soldi. Il capitalismo si sarebbe insinuato perfino nel sonno. Ma non era quello che avveniva già? Le macchine non avevano già riorganizzato lo spazio e il tempo degli uomini? Non era stata la luce artificiale a creare la vita notturna e gli aerei non avevano già rimpicciolito la Terra? Chissà come, gli venne in mente una frase di Keynes, il famoso economista padre dello stato sociale di cui non era mai riuscito a capire l'esatta pronuncia: "When facts change, I change my mind. What do you do sir?". Il compito di un partito come il suo non era stare al passo con i tempi? Si alzò in piedi per affrontare Pitamiz da pari a pari.

– Perché lo dice a me?

– Perché il suo partito tiene insieme le istituzioni, gli industriali, i banchieri, i sindacati. Perché il suo partito è nato per cambiare il mondo.

Il segretario era esterrefatto. Tutta quella interminabile pappardella sul desiderio e il consumo gli sembrava una supercazzola per vendere più sonniferi. Intanto Pitamiz aveva piegato le ginocchia e stava protendendo le braccia in avanti.

– Ma si rende conto? Dimezzeremo la popolazione mondiale senza fare morire nessuno!

Pitamiz si tuffò e il segretario osservò la sua sagoma nuotare sott'acqua. Riemerse al centro della piscina, proprio nel punto in cui galleggiava il piccione. Afferrò il cadavere e, sorridendo, sollevò il braccio destro per mostrarlo trionfante al suo ospite.

"The Viral Times"

CHI È PITAMIZ

di Giacomo Papi

L'ufficio di Pitamiz è una piscina all'ultimo piano del palazzo di Happydemia. Non c'è una scrivania, né una libreria, non c'è un computer e nemmeno un ficus benjamin. Soltanto sdraio e accappatoi. Mi ha ricevuto in un giorno di pioggia che batteva sulla cupola di vetro, dando un ritmo alle nostre parole. Quarantotto anni, scapolo, laurea in ingegneria computazionale al Mit di Boston, master in filosofia a Stanford, Pitamiz è l'uomo che ha rivoluzionato il mondo del delivery, e forse il mondo intero, grazie a Happydemia, la multinazionale globale appena quotata in borsa per trecento miliardi di dollari. Questa è la sua prima intervista.

Lei sostiene che la nostra è un'epoca di rivelazioni. Che in questa serie di contagi per la prima volta nella storia è apparsa la vera natura dell'uomo. Le confesso che a me tutto sembra molto oscuro. Mi spiega che cosa avremmo dovuto capire?

"Per esempio che tutta la nostra vita si è svolta tra gli sputacchi. Che la realtà è sporca e gli altri sono sempre nemici, in potenza. La guerra è una semplificazione: divide gli esseri umani in due schieramenti. L'epidemia, invece, è una forma paradossale di uguaglianza perché tutti possono essere untori e unti."

Non ha risposto. Non è la prima epidemia della storia. A me lo schema pare sempre lo stesso. In che cosa questa dovrebbe essere diversa dalle altre del passato?

"La differenza è che, almeno in questa parte del mondo, la mancanza di fame ci aveva fatto dimenticare l'esistenza della natura. Davamo tutto per scontato. Sembrava che la frutta ci piovesse sulla tavola, la carne non aveva più relazioni con gli animali che era stata, le uova spuntavano innate e immacolate dopo avere cancellato ogni traccia del buco del culo delle galline; sembrava che le strade, gli ascensori, i pianerottoli si pulissero da sé, che la spazzatura sparisse nel nulla all'alba inghiottita da giganti sconosciuti o trafugata da gnomi; i vestiti sembravano esistere in natura come se crescessero nelle vetrine dei negozi. La nostra unica fatica era procurarci i soldi per scegliere. Sembrava che ogni bisogno si sarebbe spento per sempre prima di diventare desiderio. Quando le epidemie sono arrivate, invece, abbiamo dovuto imparare che c'erano persone che vivevano e altre invisibili che le facevano vivere."

Da come la racconta dovremmo esserne felici...

"Le epidemie sono cesure della storia. Sempre. Da una parte continuano tendenze già in atto, dall'altra rimescolano tutto e inventano epoche nuove. Consideri Boccaccio. Il *Decamerone* non è un libro sull'epidemia, è un libro sulla vita creata dall'epidemia. Durante la peste del 1348, per la prima volta le donne cominciarono a raccontare e a raccontarsi. Prima di allora per potere essere narrabili dovevano essere sante o regine. L'epidemia le rese esseri umani capaci di desideri e cattiverie, di soffrire, gioire, tradire e amare, e di fare scherzi agli uomini, anche ai mariti. Non le pare una bella cosa?"

Non mi pare che le donne oggi siano quelle che lei dice. La narrazione predominante è ancora quella che le trasforma in gigantesse nei poster pubblicitari o nei film porno. Ma c'è anche una questione di controllo più generale... C'è la politica. Non può ignorarla. Molti sostengono che il contagio sia un'immensa occasione per il potere. L'emergenza che può trasformare i diritti in doveri...

"È vero, però accade anche il contrario. La prima cosa che le epidemie rivelano è l'impotenza dei potenti che brancolano nel buio, esattamente come gli altri. Durante il contagio il re è nudo, sempre. Si rivela uomo. Però, ha ragione: le epidemie cambiano la politica e il modo in cui è organizzato lo Stato. Per Michel Foucault lo Stato moderno si basa su due modelli opposti e complementari: la città appestata che permise di perfezionare il controllo capillare dei luoghi, dei movimenti e dei corpi dei sudditi, e il lebbrosario che invece si fondava sull'espulsione dei malati, e in seguito di ebrei, criminali, matti o poveri."

E le pare un progresso?

"Non è la soluzione ideale, concordo, però quelle invenzioni ci permisero di fare a meno di quisquilie come i supplizi, le torture, i roghi sulla pubblica piazza. Considerare gli umani come numeri, su base statistica, e concepire la politica come una macchina, fu il prezzo da pagare per inventare i diritti civili."

E oggi? Secondo lei qual è il cambiamento in termini politici?

"È ancora troppo presto per dirlo, ma a me pare che in questi ultimi anni i sistemi digitali di rilevazione e tracciamento stiano entrando nel funzionamento dello Stato. Naturalmente si tratta di una tendenza in atto da decenni, ma fino a oggi quelle tecnologie sono servite solo alla pubblicità, cioè a vendere. Oggi è la distinzione tra società e mercato che tende a svanire. La dimensione pubblica e quella pubblicitaria si avvicinano fino a coincidere. Ma lei lo sa che per Aristotele l'agorà, la piazza della politica, la piazza delle parole, doveva essere tenuta distinta dalla piazza del mercato?"

Sì, e penso che avesse ragione. Confondere Stato e mercato significa trasformare le persone e le idee in merci da vendere...

"E non lo sono già secondo lei? Non sta cercando di vendermi una sua idea? Ha mai pensato alle implicazioni dell'idea di Aristotele? Distinguere le merci, le cose, dalle idee e dalle parole, significa affermare che tutto quello che ci dà gioia, quello che mangiamo e beviamo, i frutti succosi degli alberi, l'olio spremuto, il grano, ma anche il nostro stesso corpo, vale meno dell'idea più insulsa o delle parole con cui viene espressa che come sappiamo possono essere stupide e aggressive. Significa ignorare che la materia e lo spirito sono la stessa cosa perché la materia emerge dall'energia e marcisce producendo energia, significa dire che la vita non vale niente perché vivere è meno importante che contemplare la vita. Le merci, mi creda, sono sempre anche spirito perché si basano sul desiderio. Questo lo abbiamo capito: i marchi sono parole, ma sono anche merci. È il marchio che trasforma la parola in desiderio."

Mi scusi, ma questo che cosa c'entra con gli psicofarmaci? Cioè con la possibilità di tracciare i disagi e i bisogni psichici delle persone?

"Le rivelo una cosa che non ho mai detto a nessuno. L'idea di Happydemia credo che mi sia venuta da bambino. Mia madre purtroppo soffriva di disturbo bipolare della personalità: un giorno non riusciva ad alzarsi dal letto, il giorno dopo scoppiava di felicità. Non era facile venire a patti con i suoi cambi d'umore. Per molti anni mi sono colpevolizzato, pensavo di essere io che non riuscivo a farla felice, ma già allora sognavo qualcosa, una pozione magica, in grado di impedire la sua infelicità. Avrei capito in seguito che la malattia di mia madre dipendeva dalla chimica..."

La ringrazio della rivelazione e mi dispiace per sua madre, ma ancora non capisco, se non indirettamente, come tutto questo abbia a che fare con la distribuzione di massa degli psicofarmaci. Alterare la realtà non comporta dei rischi?

"La realtà! Lei crede che esista? Lei lo sa come vede il mondo un calabrone? Macchie violacee o gialle a seconda delle molecole che incontra nel suo volo. Quella che chiamiamo realtà è solo un prodotto del cervello. È chimica..."

Con tutto il rispetto per sua mamma e per il calabrone, a me fa paura un mondo in cui si può scegliere di non essere mai tristi o ansiosi...

"Vede, io credo che l'infelicità sia stata glorificata per renderci schiavi. Per millenni abbiamo letto e ascoltato soltanto i lamenti degli egocentrici: Leopardi, Foscolo, Pascoli, Emily Dickinson, Baudelaire, Petrarca! Una banda di lagnosi che ha infettato e intristito il mondo. Ci hanno insegnato che essere tristi sia *cool*, che sia fico ingobbirsi sui libri e frignarsi addosso... Quanto sono triste gnegnegnè. La vita non ha senso. Laura non me la dà, Beatrice ha sposato un altro. Sono riusciti a convincerci che vivere e ridere e amare siano cose da scemi. E oggi che, grazie alla chimica, possiamo scegliere quale umore avere e riceverlo comodamente a casa grazie a Happydemia, a lei viene paura?"

A me fa paura che Happydemia sappia come sto: se non riesco a dormire o ho crisi di panico, se sono un depresso o un maniaco depressivo. Mi fa paura cedere a un'impresa privata, la sua, ma anche allo Stato se è per questo, quello che sono e quello che provo.

"Il pudore è una forma di avarizia. Ma non si illuda, lei cede già ogni istante e ogni emozione a chi vuole venderle qualcosa. E non faccia l'errore di sovrastimarsi: le sue emozioni, come le mie, sono solo statistica. Sono secoli che ci illudiamo che le cose che desideriamo possano farci felici. Ma il desiderio nasce dal cervello, non dalle cose. Il denaro, la gioia, la delusione, la realtà stessa sono manifestazioni biochimiche dei nostri cervelli. Non crede che per migliorare il mondo sia più semplice agire sulla causa, invece che sugli effetti?"

13.

La violenza aumentava. Il ragazzo di Rieti era in coma e i consegnator cominciavano ad avere paura. I salutisti, che li accusavano di trasportare il contagio insieme alle cose, li consideravano incarnazioni del virus da attaccare prima di essere infettati. I minimizzatori li odiavano perché avevano il privilegio di spostarsi che a loro era negato. I disoccupati perché loro almeno un lavoro l'avevano. Tutti quanti perché andavano in bici contromano e sul marciapiede, anche se per strada non c'era nessuno. Con un tweet la ministra della Salute (e dei Saluti a Distanza) aveva lanciato l'idea di vietare ogni consegna, e il Parlamento aveva discusso la proposta fingendo di ignorare che la sua approvazione avrebbe comportato fame e carestia.

Nel tentativo di calmare gli animi, la Previdenza del Consiglio emanò un provvedimento d'urgenza per limare qualche divietino, abbassando a ottanta euro il tetto per uscire a fare la spesa e portando a un chilo la quota pro-die di cacca di cane concessa. Per dare un segnale alla popolazione, vietò ai consegnator di caricare la bici e il monopattino sui mezzi pubblici, ma il vento dell'insofferenza ormai si era alzato e nessuno poteva fermarlo. Gli insulti e gli assalti erano ormai un rischio concreto. Le città erano piene di appartamenti vuoti e uffici deserti, causa smart working e fallimenti, ma a ogni chiusura cresceva anche la gente per strada perché cresceva il numero di quelli che una casa non l'avevano più.

Michele appoggiò la bici al tronco di un albero e si accovacciò a sbirciare dentro il borsone alla ricerca del panino alla mortadella che si era portato da casa per pranzo. Aveva dato appuntamento in un parco al Cometa e al Moviola e quando arrivò avevano già iniziato a mangiare. Avevano scelto una radura buia dove non si inoltrava nessuno tranne i cani, e infatti era pieno di merde di cane. A pochi metri scorreva un rigagnolo in cui spesso nuotavano i topi.

– Come butta, fratello? – gli chiese il Cometa sbucciando una banana.

Michele si sedette su una radice e cominciò a liberare il suo panino dalla stagnola.

– Non male, Cometa. A parte il fatto che ho dormito zero stanotte.

– Non potevi farti una canna?

– Non ha funzionato.

Il Moviola si mise in bocca una forchettata di tonno, prendendolo direttamente dalla scatola, e commentò con la bocca piena:

– Sono meglio gli Sciallox.

Michele non voleva dirlo agli altri, lo avrebbero preso in giro, ma per tutta la notte si era rigirato nel letto pensando a Miriam. Appena i pensieri rallentavano e si diradavano, lei tornava a trovarlo per farsi immaginare. Michele spostava le lenzuola, si girava su un fianco o a pancia in giù, ma più si sforzava di rilassare il corpo e di svuotare la testa, più il suo cervello ricreava le parole e i movimenti di lei, oppure inventava situazioni non ancora vissute, in cui lei lo baciava e lo toccava come se fosse ancora permesso. Per calmarsi si era masturbato ed era la prima volta in vita sua che lo aveva fatto immaginando una persona vera. Ma non era servito. Per mandarla via aveva provato a dirottare il pensiero su altri pensieri, ad affastellarli l'uno sull'altro, annodarli insieme o scioglierli in fili diversi. Aveva perfino tentato di pensare a sua madre, l'anti-afrodisiaco più potente del mondo, ma Miriam era tornata a trovarlo. Alle quattro si era alzato per bere e in cucina aveva incontrato il nonno che faceva le parole crociate.

– Non riesco a dormire, nonno.

Il nonno aveva sollevato gli occhi sopra gli occhiali.

– È che al buio tutto è di più, Michele. Anche i germi. I rumori, le cose e i ricordi sono più forti e più veri. Anche l'amore. Per questo fanno paura. Di giorno ci si sente più forti, perché la luce nasconde.

Un raggio di sole si insinuò tra i rami e gli illuminò gli occhi. Era ancora imbambolato con il panino in mano. Il Cometa e il Moviola lo guardavano ridendo.

– Oh, fratello. Ti sarai mica innamorato? – gli chiese il Cometa, lanciando in un cespuglio la buccia della banana.

Forse era così che succedeva con l'amore. A un certo punto qualcuno occupa il mondo, ed è doloroso e faticoso come una malattia che contagia solo due persone. Spesso una sola.

– Oh! Dico a te, fratello! Altro che Sciallox, sembri stordito oggi.

– Ci facciamo una canna?

Siccome il Moviola e il Cometa sorridevano, anche Michele sorrise. Stavano quasi per mettersi a ridere quando sentirono un fruscio e si voltarono a guardare. Fu allora che videro i cinghiali. Erano due, scuri, grossi, un maschio e una femmina, forse, e stavano immobili ai margini della radura a fissarli come se fossero loro gli intrusi. Il Moviola, che da bambino in Ghana non ne aveva mai visti, si spaventò da morire. Scattò in piedi e corse verso la bici. Michele e il Cometa, invece, rimasero immobili. I cinghiali si avvicinarono. Potevano sentirne l'odore, di rancido e sterco. Il cinghiale più grosso alzò il muso e cominciò a grufolare rabbioso, sembrava un urlo, sembrava un lamento, e allora anche il Cometa e Michele si alzarono e corsero alle bici e ci saltarono in sella. Pedalarono più forte possibile, ridendo, tutti e tre come imbecilli e bambini, felici di quella fuga impensata.

Avrebbero riso e mangiato un gelato, o si sarebbero fatti una canna, se ne avessero avuto il tempo, invece si lasciarono dopo essersi abbassati la mascherina per fare un selfie in un brutto piazzale che una volta, a ogni ora del giorno, vomitava migliaia di esseri umani dalle uscite della metropolitana: dovevano tornare al lavoro. Michele consegnò psicofarmaci in condomini popolari, case di ringhiera, palazzi signorili. Attraversò un quartiere di grattacieli in costruzione che non sarebbero mai stati terminati. Una ruspa gialla livellava la terra sul fondo di un'immensa buca scavata per la nuova linea della metropolitana che il Comune aveva appena destinato alla realizzazione di un nuovo cimitero interrato. L'incontro con i cinghiali gli aveva fatto capire che la vita non si ferma, che si continua a respirare, a mangiare e a innamorarsi anche quando tutto sembra fermarsi e morire, che anche in città gli uccelli volano: i corvi scacciano i passeri e i piccioni, grigi sul grigio, attraversano inosservati la storia, come passanti in metro; che si può far finta di niente perché i gelsomini si arrampicano sui muri, il basilico cresce e sfiorisce sui balconi e l'erba è capace di spaccare l'asfalto per avere la luce. Ogni tanto si fermava e guardava in alto dove migliaia di storni facevano disegni insieme, senza toccarsi, e le ultime rondini attraversavano il cielo.

Intorno alle 7, esausto, si avviò verso casa. Il nonno lo stava aspettando per cena. Non avevano più parlato della sua scelta di non andare all'università, ma Michele sapeva che prima o poi sarebbe successo. Pedalando lungo il viale che portava a casa sua, ripensando a Miriam e ai cinghiali, qualcosa di scuro e pesante gli volò accanto e andò a schiantarsi davanti alla ruota. Michele perse l'equilibrio e cadde sull'asfalto picchiando la spalla. Un attimo dopo sentì un violento profumo di gerani. Impiegò qualche minuto prima di rimettersi in piedi, dopo aver raccolto il suo telefonino distrutto tra i frantumi del vaso di fiori che qualcuno aveva lanciato da un balcone. Gli facevano male la clavicola e il braccio, ma le macchine, le moto e le ambulanze gli passavano accanto scansandosi. Quando finalmente un'ambulanza si fermò, Michele si rifiutò di farsi portare al Pronto soccorso. Entrare in quel posto pieno di germi avrebbe messo in pericolo il nonno. Alle 9 di sera era a casa, con il dolore per la spalla gonfia sedato dai farmaci. Attilio gli portò la cena rimanendo fuori dalla stanza. Piazzò una sedia sulla soglia per essere sicuro che si addormentasse. E Michele si addormentò.

Il nonno lo osservò per quasi un'ora. Nel sonno Michele si era voltato su un fianco, mentre la luce delle piste penetrava a strisce dalla finestra. Esiste un momento in cui un bambino diventa un uomo, un istante? Quando era piccolo, Michele pretendeva di toccargli la pelle del gomito quando lui cantava sottovoce per farlo dormire, ma dopo un po' il braccio piegato gli si indolenziva. Adesso Michele stava respirando con il naso, dalla soglia Attilio riusciva ad ascoltare il rumore.

C'era stato un momento in cui ad Attilio il corpo del nipote era sembrato perfetto, talmente perfetto che non poteva che essere eterno, che non sarebbe mai cambiato, perché poi è questa la grande tragedia della vita, a pensarci, che le cose appena prendono forma, una forma che coincide con quello che dovrebbero essere, la forma in cui puoi acquietarti e che puoi fissare nella memoria, cambiano subito, diventano altro e si disperdono nel tempo e nella memoria. Aveva una forza, Michele, che non sapeva di avere. Adesso russava leggermente. A sei anni aveva picchiato il naso cadendo dalla bici. Da allora, quando dormiva, sembrava facesse le fusa.

A mezzanotte Attilio decise di andare a letto. Fu una notte tranquilla e agitata, piena di sogni e passato. Ma alle sette era di nuovo in piedi ad aspettare che Michele si svegliasse. Si fece il caffè, lungo, come piaceva a lui, conservando nel filtro metà della polvere bagnata della caffettiera precedente e si mise a guardare il telegiornale. Non aveva voglia di andare in cyclette o di vedere *Sparlamento.* Dieci minuti prima delle nove, suonò il citofono. Era Miriam.

14.

Al Previdente del Consiglio abitare a Palazzo Chigi piaceva tantissimo, ma quello che gli piaceva di più era accogliere i suoi ospiti a colazione nel Salotto giallo, indossando una vestaglia di seta. Gliene avevano regalata una bellissima, bleu profilata in bordeaux, e lui la impreziosiva calzando pantofole in velluto con le nappine. Ricevere profumato e sbarbato di fresco ma non ancora vestito lo faceva sentire l'aristocratico che, intimamente, aveva sempre saputo di essere, sebbene suo padre gestisse un ortofrutta a Locorotondo. Percorse l'anticamera reggendo nella sinistra una tazza di tè al bergamotto e con la destra afferrò l'elegante maniglia per entrare nel salotto dove il segretario del Partito del Lavoro Guadagno Pago Pretendo lo stava aspettando già da mezz'ora. Vedendolo, il segretario si alzò dal divano.

– Carissimo Previdente!

Il Previdente accennò una virgola nell'aria con il dito indice e il medio, per comunicare al suo ospite che tra potenti, negli incontri informali, i convenevoli potevano essere tranquillamente saltati. Si sedette sul divano di fronte e finì di mescolare lo zucchero con meticolosa lentezza. Quando sollevò gli occhi, il segretario valutò che era arrivato il momento di esporre il suo caso.

– Ieri ho avuto uno strano meeting con Pitamiz. Mi chiedo, – proseguì il segretario, – se non ci siamo spinti un po' troppo in là nel dargli fiducia.

Fu il nonno Attilio a rispondere. Nel monitor del citofono una ragazza si stava arrotolando una ciocca nera intorno all'indice.

– Buongiorno, mi chiamo Miriam. C'è Michele?

La ragazza parlava con voce frusciante e sorrideva con gli occhi, ma al nonno ormai gli estranei facevano paura. Cercò di trovare il tono più neutro possibile.

– Dorme, adesso.

– Sta bene?

– È un po' ammaccato, grazie. Ma soprattutto ha sfasciato la bici e il telefono.

– Posso salire?

Il corpo di Attilio si irrigidì. In casa, oltre a Michele, non faceva entrare nessuno da anni. La ragazza riformulò la richiesta.

– Ho chiamato Happydemia. Mi hanno detto che ha avuto un incidente e che oggi lo hanno sostituito, così mi sono fatta dare l'indirizzo. Nella sua borsa ci sono di sicuro i medicinali che mi occorrono. Così oggi almeno gli pagano la mia consegna.

Il nonno spinse il pulsante apri-porta per non sembrare scortese, ma non aveva intenzione di svegliare Michele. Si bardò in fretta con guanti e mascherina e corse nello sgabuzzino a frugare nel borsone di Happydemia. Le avrebbe dato tutto sullo zerbino, senza farla entrare. Era curioso di vederla da vicino.

Il Previdente del Consiglio sorbì un sorso di tè, rigirandoselo in bocca per farlo raffreddare. Era il segnale inequivoco che la sua attenzione era salda. Il segretario spiegò:

– Pitamiz sostiene che per attuare il distanziamento sociale la popolazione dovrebbe dormire a turni. Naturalmente, pretende il monopolio sulla consegna dei sonniferi.

Il Previdente del Consiglio accavallò le gambe, scoprendo una caviglia secca, bianca come la pelle di un morto, e il segretario distolse lo sguardo. Dopo avere riposto la tazza sul tavolino, il Previdente andò a guardarsi nella specchiera sopra al camino, dando le spalle al segretario. Si aggiustò il ciuffo, compiacendosi della propria bellezza. L'idea di Pitamiz poteva anche avere senso, ma non costituiva un'urgenza. Certo che gli esseri umani erano davvero incredibili: appena gli concedevi un po' di potere e visibilità, gli saliva la smania di cambiare il mondo. Il suo metodo era tutto l'opposto. Non è che non nutrisse fiducia nel cambiamento, al contrario. Era così sicuro che il cambiamento, la fine, la morte, sarebbero arrivati comunque da pensare che l'unica cosa che si può fare per migliorare il mondo è un po' di manutenzione. Prestare attenzione agli equilibri senza scompaginare con idee nuove i processi già in atto. L'esercizio del potere coincideva per lui con una programmatica mancanza di idee.

Esaminandosi la dentatura allo specchio, prese la sua decisione: con Pitamiz avrebbe preso tempo, fingendo di assecondarlo. Si avvicinò al proprio riflesso fin quasi a baciarsi e, spostando la propria sagoma nello specchio, vide il riflesso del segretario che, senza sospettare di essere visto, gli stava facendo la linguaccia. Il Previdente rimase impassibile, complimentandosi con se stesso per il proprio sangue freddo. Poi si voltò lentamente:

– Hai fatto bene a venire, ma non è il momento di occuparsi del sonno. Il mare è agitato. Sono previste tempeste.

Il segretario abbassò il mento, senza comprendere. Il Previdente si sedette di nuovo.

– Stanno arrivando le ultime navi.

Il nonno aprì la porta soltanto a metà e arretrò di un passo per vederla intera. Miriam rise con gli occhi e arretrò a sua volta, per farsi guardare. Era graziosa anche con la mascherina. Attilio si rallegrò al pensiero che forse lei e Michele avevano una storia, ma al contempo il cuore gli si strinse per il senso di colpa. Desiderava che Michele fosse felice, ma fidanzarsi era rischioso e il pensiero di rimanere da solo gli faceva paura. Per tutta la vita aveva creduto e insegnato ai suoi studenti che la contaminazione creava la vita e il desiderio di purezza assomigliava alla morte, ma da quando si era ammalato e invecchiava, sempre più spesso il suo istinto si ribellava al pensiero. Amava ripetere che l'unica cosa che resta è quello che semini, ma non era più sicuro di cosa aveva seminato. Miriam non sorrideva più adesso, lo osservava in attesa. Attilio accostò la porta e si avvicinò allo stipite sporgendo il braccio per darle la busta. Miriam abbassò la testa per ringraziare e subito la porta si richiuse.

15.

Stavano arrivando le ultime navi. Erano barche, motoscafi, gommoni. Alla fine di ogni estate il mare cominciava ad agitarsi e le partenze dall'Africa acceleravano per anticipare la stagione delle tempeste. Salpavano ogni giorno, da mesi. Qualcuna riusciva a sbarcare, altre venivano bloccate dalla Marina militare che le abbandonava al largo, in attesa del rimpatrio dopo la quarantena. Molte affondavano, ma erano troppo piccole o troppo distanti per essere viste e raccontate. Neppure il virus poteva chiudere il Mediterraneo.

Alle sei del mattino, mentre il sole iniziava a rischiarare il buio e Venere sorvegliava in solitudine i sogni degli uomini, l'ex Primo ministro era sveglio da ore a seguire sui social il giornale perpetuo del mondo. Nella notte c'era stato un grande naufragio, ma non si sapeva né dove né quanti fossero i morti. Lo Sciallox lo aveva fatto dormire come un bambino e si era risvegliato pieno di energie, idee e progetti. Quel disastro poteva essere la sua occasione per rilanciarsi.

Negli anni in cui era stato al potere lo avevano sfottuto tutti. Lo chiamavano "l'abominevole uomo delle navi". Ma i suoi decreti erano ancora in vigore: il nuovo governo non aveva quasi osato toccarli perché sapeva che nessuno ama essere invaso. Lungo le coste d'Europa si stava formando una specie di città galleggiante fatta di barche e gommoni, che si allargava ogni giorno incatenando la terra. Nei luoghi di approdo si organizzavano ronde per sorvegliare le spiagge, impedire gli sbarchi e punire gli sbarcati, ma a una cert'ora anche i più volenterosi se ne andavano a dormire e i clandestini scendevano a riva a cercare cibo e lavori che non esistevano più. A ferragosto una banda di somali era riuscita a sbarcare su un'isola privata di fronte all'oasi di Vendicari, in Sicilia, occupando le antiche dimore degli eredi del barone Munafò. Lo Stato non era intervenuto. Fosse stato per lui li avrebbe bombardati anche solo per fare dispetto alle piagnucolanti anime belle del buonismo. La verità era che di salvare i migranti non importava niente a nessuno. Solo che non lo dicevano, gli ipocriti, a differenza sua. Solo il Papa rompeva le palle. L'ultimo naufragio, però, prometteva di essere spettacolare. Non ignorabile. Ma occorreva muoversi per tempo. L'ex ministro aprì Twitter. Ci voleva un messaggio sagace e inclusivo, chiaro e risoluto. Pensò di consultarsi con il suo social manager, ma si ricordò che si era licenziato. Avrebbe fatto da solo. Gli balenò un'ideuzza:

> Tanto va la barca al largo che ci lascia lo scafino, cari i miei #Baluba.
> Bacioni

Rimase in attesa per qualche minuto, sperando in una pioggia di like. Ne arrivarono pochi. I suoi fan ormai erano tutti stitici. Le cascate d'amore di un tempo si erano trasformate in uno sgocciolio nausebondo. Com'erano lontani i tempi in cui per diventare virale gli bastava farsi fotografare mentre addentava un panino con la salsiccia! L'ex ministro si afferrò la testa tra le mani. Forse aveva ragione sua madre: avrebbe dovuto chiudere baracca e burattini e cercarsi un lavoro, andare a prendersi una laurea in Albania o aprire un negozio di diamanti in Tanzania. Si trascinò fino in cucina. Sul tavolo c'erano cento euro e la lista della spesa che gli aveva lasciato sua madre: "Patate 2 kg, cipolle 1 kg, passata 2, salsicce brianzole (per la pasta alla monzese che ti piace tanto), mortadella (senza pistacchi) 2 etti. Grazie, mamma". L'ex ministro si ficcò tutto in tasca insieme alle chiavi di casa e si preparò a uscire pensando che per arrivare a ottanta euro, come ordinava il divietino, avrebbe dovuto impegnarsi parecchio.

In quello stesso momento, settecento chilometri più a sud, il ministro degli Affari Miei controllava i social spaparanzato sul sedile posteriore della sua auto blu. Alfonso, l'autista di cui ormai conosceva a memoria la nuca, guidava scrutando la strada che li avrebbe riportati a Roma. La sera prima il ministro aveva partecipato a un convegno del locale Rotary Club intitolato "Fatti i fatti tuoi" e per un paio d'ore aveva dovuto sorbirsi le lamentele di chi non riusciva a trovare il lievito madre per fare i babà, aveva l'alluce valgo o il marito scoreggione. Erano tutte istanze legittime, per carità, e perfettamente congrue al suo mandato istituzionale, però un po' noiosette. Per fortuna nessuno lo aveva tediato parlandogli al Rotary i poveri veri non potevano entrare. Il ministro scrollò la timeline e, appena si imbatté nel tweet del suo ex collega, fu assalito dalla malinconia, ma si strinse nelle spalle rifugiandosi nell'antica saggezza: "Sic transit gloriam mundo", pensò, quando all'improvviso la macchina cominciò a sbandare.

Un attimo dopo erano fermi sul ciglio di un fosso. Il ministro sentì nella schiena una scarica di adrenalina che non provava da quando aveva giurato come ministro. Alfonso scese a controllare. Dopo un minuto si affacciò al finestrino.

– La macchina, capo, ha un buco nella gomma!

Il ministro non capì e Alfonso fu costretto a ripetere aiutandosi con la mimica e l'onomatopea.

– La Brum del M ha un Pss nella Mmmm…

– E tu aggiustala, cretino! Ti metti a fare le filastrocche?

– Non posso, capo: non ho il gnam gnam gnam.

In realtà si scoprì che, oltre al chewing gum, non avevano neanche la ruota di scorta e nemmeno il ruotino e, anche se erano in mezzo ai campi, non avevano campo per chiamare soccorsi.

– Muoviti! Vai! Trova qualcuno a cui chiedere aiuto!

Il ministro osservò la nuca di Alfonso allontanarsi sulla strada deserta, maledicendo il momento in cui si era fatto convincere dalla famiglia ad assumerlo (era un suo cugino in seconda, ma gli aveva ordinato di non dirlo a nessuno). Scese dall'auto considerando tra sé la possibilità di sfruttare l'attesa per spaparanzarsi al sole. In valigia, per ogni evenienza, infilava sempre il costume da bagno. Rinunciò subito. La prospettiva di accogliere il carro attrezzi in mutande, chissà perché, lo imbarazzava. Passarono i minuti che diventarono mezz'ore e dopo un'ora Alfonso non era ancora ricomparso. Il sole era alto e si iniziava a sudare. Il ministro sbuffò e ricominciò a giocare ad Angry Birds. Si stava preoccupando. Alla fine decise di andare in esplorazione per chiamare soccorso nel primo punto in cui il telefono prendeva. Invece di seguire la strada come aveva fatto Alfonso, però, ritenne di avventurarsi per i campi.

Dopo un chilometro scarso, il paesaggio gli cambiò sotto gli occhi e i piedi. Si chinò a controllare: la terra bianca si sfarinava inerte tra le dita. Girando su se stesso per scrutare l'orizzonte, avvistò una falange di casermoni bianchi minuscoli che, però, da vicino, ne era certo, dovevano essere immensi. Non aveva altra scelta, là sicuramente il telefonino avrebbe preso. Camminò e camminò, unica creatura abbronzata sulla terra biancastra, fin quando raggiunse la sua meta. Erano quattro palazzoni scrostati che sorgevano intorno a un piazzale nero e fangoso, sebbene non piovesse da settimane.

Non c'era anima viva, anche se ormai erano quasi le 9. Erano tutti tappati in casa a causa del virus. Sentì delle voci e si rimise in cammino. Giunse a una rampa che conduceva sottoterra, forse ai garage. Proseguì sospinto da una forza inarrestabile, come una biglia in discesa. Le voci si fecero più forti. Nella penombra un gruppo formato da una decina di donne circondate da bambini era radunato intorno a un fuoco nel parcheggio deserto. Sembravano streghe. Gli Affari Miei gli consigliarono di andarsene, ma ormai era tardi. Le donne e i bambini lo stavano fissando. Il ministro sfoderò il suo sorriso più bianco:

– Scusate, signore, abbiamo bucato e sto cercando un telefono.

Gli rispose la donna più vecchia, doveva avere trent'anni.

– Volete comprare un telefono?

– No, ce l'ho, voglio solo telefonare all'ACI, il soccorso stradale.

Si alzò quello che doveva essere il figlio, un bambino sui cinque anni:

– E che soccorso stradale e soccorso stradale, signore! Quelli vi rapinano...

La donna alla sinistra della vecchia si toccò tra le cosce e gli indicò con lo sguardo una griglia arrugginita ricavata da un'anima di ferro del cemento armato su cui stavano arrostendo una decina di involtini di carne.

– Volete favorire? Non fate complimenti.

Il ministro declinò educatamente l'offerta.

– No, grazie, ho appena fatto colazione.

– E che c'entra? Quello che non ammazza ingrassa, – disse la vecchia.

– Pure noi stiamo facendo colazione, – disse il bambino.

Il ministro provò a spiegarsi di nuovo.

– Abbiamo bucato e dobbiamo raggiungere Roma dove ho una riunione importante.

– Lasciate fare, professorino. Non c'è niente di più importante del cibo. Qui gli uomini dormono per non mangiare e noi non teniamo più il genio di respirare. Ci avete da pagare per farci campare.

Mentre la strega parlava, il ministro esplorò la scena, sentendo sul corpo gli occhi acuminati delle donne sedute in circolo, a gambe larghe o incrociate. Qualche metro più indietro notò un bidone di plastica blu. Una delle donne fece un cenno a una bambina che corse verso il contenitore e, sulle punte dei piedi, si sporse per pescare qualcosa là dentro. Riemerse trionfante e si avvicinò alla brace stringendo nei pugni due bocconcini grondanti. Le donne applaudirono e la bambina, felice, li lanciò sulla griglia.

– Che cosa sono? – chiese il ministro.

– E che cosa volete che siano, – rispose la vecchia.

La donna sollevò la mano a cuoppo: – Qui da mangiare non abbiamo più niente, eccellenza.

– Ma quelli sono qualcosa... – azzardò il ministro.

– Volete favorire, eccellenza? – insistette il bambino.

– No! Voglio sapere che cosa sono! – ripeté il ministro.

La donna più vecchia fece due passi verso di lui e gli si fermò di fronte.

– Noi ogni mattina andiamo a raccoglierli perché con la luce si lasciano prendere.

– Raccogliere cosa?

– Dormono col sole.

– Che cosa, cribbio?! Che cosa sono?

La donna si sporse in avanti e gli accostò le labbra all'orecchio.

– Spurtiglioni, dottore. Pipistrelli. Andiamo a cacciarli ogni mattina. Sono teneri, se gli strappi le ali.

Il ministro si portò una mano alla bocca per non vomitare, poi cominciò a correre forte, più forte che poteva, risalì la rampa, attraversò il fango e, sempre di corsa nel campo bianco, gli tornò in mente sua nonna quando succhiava gli occhi dei pesci. Si sentì di nuovo invaso dalla puzza della miseria che gli usciva dal corpo, saliva dalla terra e trasudava dal sole. Corse ancora più forte, la polvere in bocca, terrorizzato al pensiero che presto, se non li avessero pagati per vivere, quelle donne e i loro figli quelli come lui li avrebbero volentieri mangiati. Gli apparve la strada grigia, l'auto blu e Alfonso in ginocchio con la riga del culo mezza di fuori che sostituiva la ruota. Quando lo vide, sembrò perfino seccato.

– Che faccio, lascio? Sono due etti e venti.

L'ex Primo ministro acconsentì e il macellaio incartò. Anche a lui era scappata la mano: oltre ai due etti e cento di mortadella con i pistacchi e alle salsicce brianzole per la pa-

Attenzione:
mangiare tartare di pipistrello aumenta il rischio di zoonosi.

sta alla monzese, aveva comprato ossibuchi e petto di pollo, costine e piedini di maiale per la cassœûla. Cominciava a temere che i cento euro che gli aveva dato la mamma non sarebbero bastati. Fuori dalla vetrina del macellaio, una folla di vecchie affamate aspettava il turno. L'ex ministro pagò e uscì soddisfatto. Erano da poco passate le nove e per strada non c'era nessuno. Il quartiere della sua infanzia sembrava essere stato avvelenato da una nuvola tossica.

Ai giardinetti un pensionato con la mascherina tricolore gli gettò un'occhiata distratta mentre il suo cane pisciava. L'ex ministro avrebbe dato qualsiasi cosa per essere riconosciuto, firmare un autografo o concedere un selfie. Riconobbe la fontana verde dove beveva da bambino dopo il pallone e gli venne sete. Bloccò con l'indice il rubinetto e, non appena l'acqua zampillò verso l'alto, si chinò sul centro della testa del drago.

Sulla via del ritorno si sentiva così rinfrescato che gli venne voglia di fermarsi al chiosco di fiori sotto casa: gli avanzavano setto euro, forse per un pensiero alla mamma sarebbero bastati. Il fiorista bengalese non parlava una parola di italiano, ma questo non gli impedì di strappargli cinque euro di mano.

– Sundara phula 5 iurō.

Benché non avesse più un soldo, l'ex ministro era contento lo stesso. Diede una pacca sulla spalla del venditore e lo attirò verso di sé.

– Allora, baluba, ce lo facciamo un selfie insieme?

16.

– Il tempo è una scelta, – disse Pitamiz porgendo a Miriam l'avambraccio nudo. – Dipende dalla velocità con cui decidi di muoverti.

Miriam spezzò la fiala tra pollice e indice, intinse l'ago nel liquido e caricò la siringa intanto che Pitamiz si colpiva con due dita la vena per farla gonfiare. Aveva già legato il laccio emostatico.

Le aveva telefonato alle 8 e mezzo del mattino, un attimo prima che lei arrivasse a casa di Michele, per pregarla di venire a farlo addormentare perché aveva passato la notte senza chiudere occhio. Succedeva sempre più spesso. I sonniferi normali ormai non avevano effetto. E adesso, pallido e con gli occhi elettrici, era sdraiato sul divano con il cervello che implorava una pausa, voleva continuare a parlare.

– Dormire mi ha sempre fatto paura, fin da bambino. Ma più sono stanco e più ho bisogno di fare. Il mio psicologo dice che è pulsione di morte. Secondo te è vero?

– Davvero non saprei.

Miriam spinse lo stantuffo per espellere l'aria dall'ago e sbirciò Pitamiz di lato: la pelle bianca nell'incavo del gomito le ricordò una pianura di ghiaccio molle sotto cui scorrevano fiumi viola.

– Che cosa le inietto di bello, quest'oggi? – chiese Miriam.

– È un cocktail a base di melatonina e zoplicone, – sussurrò lui, – lo hanno preparato i miei tecnici. Si raccomandano: la dose giusta è metà fiala. Mi hanno assicurato che mi farà dormire un'ora per ogni millilitro e che mi risveglierò pieno di forze.

– Allora finalmente riuscirà a riposare...

Pitamiz sospirò angosciato.

– Da fuori sembrerà, ma dentro il mio cervello continuerà a pompare come sempre. Più il mio corpo sta fermo, più lui si agita.

– Forse questa volta non succederà. Dovrebbe rilassarsi, ora.

Miriam si abbassò, disinfettò la vena con un batuffolo di cotone e la bucò con l'ago, premendo lentamente con il pollice. Le palpebre di Pitamiz ebbero un tremito, ma le sue labbra continuarono a muoversi.

– Un solo giorno contiene tutto quello che vuoi, se lo vuoi. Puoi vivere vent'anni e farcene stare dentro sessanta, o campare un secolo come mio padre, ma vivere meno di un bambino dell'asilo. È tutta questione di velocità, di spazio fratto tempo, di quello che riesci a fare in un'ora, in un giorno, in un anno. Il tempo è una scelta, credimi. Aumentando la velocità si può vivere il doppio.

Il ritmo delle sue parole adesso stava rallentando.

– Ma la maggior parte della gente preferisce essere morta. E non si può pensare di cambiare il mondo dormendo otto ore.

Rovesciò la testa esponendo il pomo d'Adamo.

– Il sogno della mia vita è rendere utile il sonno... grazie ai miei farmaci.

Finalmente le labbra di Pitamiz si fermarono. Miriam si adagiò sulla poltroncina e rimase immobile in attesa che si addormentasse davvero. Quando fu certa che non si sarebbe svegliato, si abbassò la mascherina e si specchiò nella fotocamera del telefono. Anche lei aveva il naso storto, ma pendeva a sinistra perché a tre anni era caduta dal seggiolone. Per fortuna non lo vedeva mai nessuno. Si grattò l'angolo delle labbra, chiedendosi se Michele ne sarebbe stato deluso. All'improvviso Pitamiz ebbe un sussulto e si agitò. Ricominciò a parlare, all'inizio fu un bisbiglio confuso che si trasformò in un urlo.

– L'umanità... dormirà... a turni. E lavorerà... a turni. Il Previdente mi ha dato appuntamento. Accetterà la mia idea. La piccola morte... diventerà vita... La piccola morte diventerà vita!

Il cuore di Miriam le martellava nel petto: siccome non riusciva a dormire, Pitamiz voleva governare il sonno degli altri, infilarsi nei loro letti e comandare i loro sogni. E c'era qualcosa di mostruoso in quell'idea, qualcosa che le repelleva fisicamente, qualcosa di cui aveva paura.

Pitamiz aveva ripreso a sorridere beato e cadaverico, il braccio ancora disteso, la vena tumida di sangue. Sembrava un arto staccato dal corpo. Miriam si versò un bicchier d'acqua e uscì sul balcone. L'acqua sapeva di ferro. La versò nel basilico. Il sonno era l'unico tempo libero dell'umanità, l'unico atto che non potesse essere comprato o venduto, l'unico momento della vita che accomunava ancora gli umani, le donne e gli uomini, i giovani e i vecchi, i poveri e i ricchi. La calmava girare per la città nel cuore della notte, sapendo che dietro le finestre dormivano tutti e che il sonno, per qualche ora, li rendeva uguali.

Se il proposito di Pitamiz fosse stato attuato, presto chi poteva permetterselo avrebbe acquistato il privilegio di continuare a dormire di notte e ai poveri, agli altri, a quelli come lei e Michele, non sarebbe rimasta altra possibilità che rinunciare alla luce del sole. Si immaginò schiere di fabbricatori, accuditori e consegnator che uscivano di casa nel buio. Come topi. Come vampiri. Ritornò in sala. Pitamiz era nell'identica posizione in cui lo aveva lasciato. Miriam si avvicinò al tavolino dove aveva posato l'occorrente per l'iniezione, prese la siringa e la riempì con l'altra metà della fiala.

17.

L'ex Primo ministro dell'Interno fu svegliato di soprassalto dal telefonino. Era talmente tanto tempo che non riceveva chiamate di primo mattino che impiegò qualche istante a capire che i *Carmina Burana* di Carl Orff erano la sua suoneria. Il suo primo pensiero fu che quelli di *Sparlamento* si fossero finalmente decisi a invitarlo, il secondo che il fioraio bengalese volesse un selfie, il terzo che un call center volesse vendergli un frigorifero. La quarta ipotesi non riuscì a formularla perché ormai aveva risposto e dall'altra parte qualcuno già aveva iniziato a parlare.

– Ciao, sono Miki Bruchi. Ti ricordi di me?

Era una vocetta acuta che non gli pareva di aver mai sentito, ma che, in qualche modo, aveva una frequenza familiare.

– Dai, sono Miki. Non ti ricordi proprio? Eravamo insieme alle medie.

La sua vecchia scuola, quel nome assurdo e la voce estranea si incollarono all'istante tra loro e, nel cervello assopito dell'ex Primo ministro dell'Interno, prese forma un'immagine: Miki Bruchi! Era un ragazzo bassissimo, praticamente un nano, ma a dodici anni già si presentava in classe in giacca, cravatta e panciotto, impressionando compagni e professori perché parlava come un libro stampato e si definiva "un liberale vecchio stampo". Insomma, un idiota. L'ultima volta che aveva sentito sue notizie stava tentando il concorso per entrare all'Unione Europea.

– Scusa l'ora antelucana e il mancato preavviso, ma ho una proposta che, ne sono convinto, non puoi rifiutare. Sono stato incaricato di invitarti a un incontro segreto.

Bruchi si rifiutò di aggiungere altro, gli disse soltanto che sotto casa sua, mezz'ora più tardi, si sarebbe presentata a prenderlo una macchina nera. L'ex ministro cercò di valutare in fretta la situazione: poteva essere una trappola, certo, ma in fondo cos'aveva da perdere? Si lavò i denti e le ascelle, non aveva il tempo di farsi la doccia, e andò all'armadio a prendere l'abito ancora avvolto nel cellophane che indossava al ministero. Controllò l'ora. Era in anticipo di cinque minuti. Le statistiche del suo tweet della mattina precedente erano rimaste inchiodate. E allora per consolarsi si riguardò la cartella dei selfie, bengalese compreso.

Alle 8.30 in punto una berlina nera con i vetri oscurati si fermò sotto casa. Appena salì, l'ex Primo ministro si accorse che i finestrini erano stati progettati per impedire di vedere all'esterno e che dentro era tutto buissimo. Bruchi non c'era, c'era solo l'autista e non riusciva a vederlo perché era nascosto da un separé di plexiglass nero. Provò ad aprire la portiera, ma era stata bloccata. Si sporse in avanti per protestare, ma prima che potesse dire qualcosa quello davanti gli rispose con calma.

– Non si preoccupi, è solo per precauzione. In futuro l'oscurità potrebbe proteggerla dalle domande e proteggere noi dalla spiacevole eventualità che lei si trovi nell'obbligo di fornire risposte imbarazzanti.

– Dove mi sta portando?

– Anche su questo è consigliabile che io mantenga il più stretto riserbo.

La voce dell'autista ronzava metallica, sembrava quasi corretta con l'autotune come nelle canzoni dei trapper. Il ministro non si lasciò incantare.

– Ero un ministro della Repubblica! Non potete farmi questo.

– Se lo desidera può accendere la luce, signore. L'interruttore è sulla maniglia.

L'ex Primo ministro tastò la portiera escogitando modi per scappare, solo che non gliene veniva in mente nessuno. Allora tentò di ragionare. Considerò l'ipotesi migliore: un gruppo di investitori voleva finanziarlo in incognito e puntare su di lui. Considerò la peggiore: era caduto nelle mani di una banda di tagliagole radical chic, o peggio di vucumprà, che volevano ucciderlo. Intanto, le dita avevano trovato l'interruttore, lo pigiò e una luce soffusa illuminò lussuosi sedili in pelle nera e tappezzeria animalier. Poteva tranquillamente escludere i radical chic. Si sentì sollevato. Ma potevano essere i baluba. Stava per farsela addosso quando gli venne in soccorso una frase, non si ricordava più di chi – "la gente non segue le idee, segue il coraggio" –, e si disse che se voleva essere un leader era arrivato il momento di tirare fuori i coglioni. Se anche lo avessero ucciso, sarebbe quantomeno ridiventato famoso. Estrasse il telefonino, ma si accorse che era stato bloccato. Dal sedile anteriore risuonò di nuovo la voce metallica dell'autista.

– Il telefono è schermato, mi rincresce. Non possiamo rischiare di essere localizzati. Ma non si preoccupi. Siamo quasi arrivati.

L'auto rallentò imboccando quella che sembrava una rampa a spirale. Non poteva che essere un garage sotterraneo. L'ex Primo ministro calcolò mentalmente i piani, contando i brevi tratti in cui la pendenza diminuiva: uno. due.. tre... quattro.... cinque..... Si fermarono al sesto......

– Siamo arrivati? – chiese, mentre in testa gli si affollavano ganci da macellaio, fruste a nove code e sadici in maschera di cuoio e tuta di latex.

Invece di rispondere, l'autista fece scattare un congegno. Il separé si sollevò e il sedile posteriore scivolò in avanti, allineandosi con il posto di guida. Il ministro girò il collo per guardare l'autista e trasalì. Non c'erano dubbi. Avvolto nella penombra c'era Miki, il suo vecchio compagno di scuola. Era ancora minuscolo e ancora in giacca, cravatta e panciotto, ma aveva i capelli ingrigiti e la pelle glabra e rugosa di un bambino raggrinzito.

– Perdona la spiacevole carnevalata, ma per accortezza ho preferito non palesarmi prima di essere giunti a destinazione. Se tu avessi fatto pazzie o dato l'allarme, non avrei avuto una possibilità di fuggire.

L'ex Primo ministro guardò attraverso il parabrezza. Il garage male illuminato era pieno di auto con i fari accesi. C'erano Bentley, una Bugatti Divo e una Ferrari Gold, ma la maggior parte erano Hammer. Il ministro si accorse che Miki stava armeggiando con i pulsanti del cruscotto e gli sfiorò il braccio.

– Ora me lo dici chi sono?

– Amici. Ancora un attimo di pazienza. Stiamo per iniziare...

Nell'abitacolo si diffuse una voce maschile cavernosa.

– Grazie a tutti di avere accettato il nostro invito, soprattutto a lei, ministro. La prego di perdonare le procedure non proprio ortodosse, ma la prudenza, come lei dovrebbe sapere bene, non è mai troppa. Basta un attimo di rilassamento per rovinare tutto.

L'ex Primo ministro si grattò la testa e si voltò di nuovo verso Miki.

– Ma dov'è?

Miki indicò con il mento una Jaguar color antracite, parcheggiata proprio di fronte alla loro: – La voce è diffusa dalle casse. Siamo collegati con il Bluetooth.

– Sì, ma chi è che parla?

– Si fa chiamare Savio, è il nostro capo.

– Savio e basta?

– Savio De Sio.

E Savio il cavernoso riprese con rafforzato vigore.

– Sono oltre mille anni, fratelli e sorelle, che smascheriamo complotti e scoviamo colpevoli. Eppure il mondo è ancora governato da streghe, rettiliani, untori, miscredenti, razionalisti ed ebrei. È come se non fossimo mai esistiti. Certo, su Internet andiamo forte. Bella consolazione, se nella società valiamo come pezze da piedi. Certo, qualcuno tra noi è riuscito a farsi eleggere in Parlamento o a sedersi nei consigli di amministrazione che contano, ma i nostri proclami cadono ugualmente nel vuoto.

Savio fece una pausa: – Perché? Perché, nonostante la chiarezza e la verità della nostra visione, non abbiamo ancora conquistato il mondo?

– Perché i nostri nemici sono potenti! – gridò una voce femminile.

– Hai ragione, Daniela, – replicò Savio, – sono potenti, malvagi e ingannatori. Ma non basta! Non cerchiamo scuse. Ricordiamoci sempre che la fantasia è con noi. E la fantasia è la strada verso la verità.

– Perché non ci impegniamo abbastanza? – domandò timidamente un'altra voce.

– No, fratelli e sorelle, non ho nulla da rimproverarvi. Anzi, lasciatemelo dire, siamo fin troppo spontanei e generosi...

L'ex Primo ministro cominciava a preoccuparsi della piega che stavano prendendo i lavori di quella Convention della Cospirazione. Era capitato in mezzo al Complotto dei complottisti. Non è che se la sarebbero presa con lui?

La voce di Savio si fece sconsolata.

– Ci battiamo come leoni contro le scie chimiche, il 5G e i vaccini, lottiamo per affermare l'esistenza delle sirene, dei giganti e degli alieni, e l'inesistenza dei dinosauri, per dimostrare al mondo che la Terra è piatta, che l'uomo non è mai andato sulla Luna, che Hitler è ancora vivo, come Jim Morrison, Bin Laden e il rapper negro che chiamano XXXTentacion, che l'11 settembre è una farsa, che i governanti appartengono alla razza dei rettiliani, che esiste un'internazionale di pedofili democratici che comanda l'America da una pizzeria di Washington...

Si concesse una pausa, questa volta carica di minaccia, poi urlò.

– Ma vi sembra serio?! Così ci facciamo ridere addosso! Stiamo buttando la fantasia nel cesso! Spariamone meno, ma diciamole meglio!

Tornò calmo: – Dobbiamo trovare una sintesi. Un'unica

storia in cui riconoscerci. Un unico nemico da indicare alla plebe. Se riusciremo a essere uniti, nessuno potrà fermarci.

Gli occhi di Miki Bruchi brillavano nel buio. Le sue manine applaudivano. Le urla di Savio ora sfondavano le casse.

– Oggi, per la prima volta nella storia, i complottisti di tutto il mondo si sono dati convegno per mettere a punto una sola teoria e un piano di azione comune. Il futuro è radioso. Conquistare il potere dipende da noi!

Miki Bruchi ruotò di scatto il busto striminzito e afferrò per il bavero il suo ex compagno di scuola con un gesto che era contemporaneamente di esaltazione e d'affetto.

– Allora, ci stai? Vuoi essere parte del futuro anche tu?

L'ex ministro si compiacque. Finalmente qualcuno aveva bisogno di lui. L'aveva sempre saputo che sarebbe successo, prima o poi. Sorrise sornione.

– Dipende. Io che cosa ci guadagno?

IL FOGLIO PROTOCOLLO DI SAVIO DE SIO

Parleremo apertamente, discuteremo il significato di ogni riflessione e, per mezzo di paragoni e deduzioni, esporremo il concetto della nostra politica e di quella dei nostri nemici.

Ormai ne abbiamo piena consapevolezza. Quella che chiamiamo storia è un gigantesco complotto per asservire l'umanità. Tutto quello che ci hanno raccontato è falso, tutto quello che non ci hanno raccontato è vero. Oggi le guerre non le vincono gli eserciti, le vincono le storie che vengono credute. Per battere un complotto ci vuole un complotto più bello.

Ecco, dunque, il piano. Se il cieco guida il cieco entrambi cadranno nella fossa. Se il muto guida il muto staranno in silenzio. Se il sordo guida il sordo pure. Se lo zoppo guida lo zoppo arriveranno in ritardo. In uno Stato ove il potere è male organizzato, ove le leggi sono scritte in modo incomprensibile e la menzogna regna sovrana, ci serviremo di una nuova forma di attacco usando la nostra fantasia per distruggere i regolamenti esistenti, impadronirci delle istituzioni e comandare le masse che rinunceranno spontaneamente al loro potere per conferirlo a noi.

Saremo più forti perché la nostra verità sarà più semplice e comoda.

Saremo più forti perché l'epidemia è la nostra grande occasione.

Il contagio è sempre stato una manna per noi, perché il virus è invisibile e il popolo ha bisogno di vedere i colpevoli. Nel 1321 il nostro confratello Bernardo Gui, che infiltrammo alla Santa Inquisizione, accusò i lebbrosi che furono rinchiusi e dati alle fiamme. A quel punto mettemmo in giro la voce che i lebbrosi erano sobillati dagli ebrei, e così a essere massacrati furono gli ebrei, come avvenne durante la pestilenza del 1348 nel villaggio di La Baume in Francia.

La catena dei colpevoli è formata da anelli infiniti che possiamo scegliere uno per uno.

Ma questa volta non ripeteremo l'errore di Hitler!

Guardate com'è andato a finire! Mai mettersi contro gli ebrei. Sono tutti di Bilderberg. Governano il mondo da sempre e in più si lamentano.

La nostra tattica sarà quella adottata con i lebbrosi. Prima additeremo un nemico debole, potrebbero essere gli africani oppure i professori di semiotica. Poi, quando quel nemico sarà odiato abbastanza, saremo tanto forti da non temere più niente e potremo attaccare nemici più potenti.

Quando conquisteremo il dominio, metteremo al potere un burattino scelto nella ciurmaglia, fra le nostre creature e i nostri schiavi.

La democrazia, come ben sapete, non è altro che una scuola di dissensi, disaccordi, contese e inutili agitazioni di partito, un grigio diluvio di parole incomprensibili: in breve, essa è una scuola inefficiente. La nostra risposta sarà essere semplici e chiari.

I popoli dell'Occidente sono già fiaccati dall'alcol, dalla droga, dai meme, dalla pubblicità e dai programmi di cucina; la loro gioventù è indebolita dall'azione segreta dei nostri fratelli e sorelle, che son professori, domestiche filippine, pubblicitari, trapper, autori televisivi e influencer.

Il nostro veleno è già stato inoculato nell'organismo dello Stato. Dobbiamo solo provocare la fine di questa agonia. Nella prima fase abbiamo confuso vero e falso, falso e falso, vero e vero, raccontando di yeti, sirene, mostri nei laghi, sabba di streghe, extraterrestri.

Per lunghi secoli le nostre storie sono passate di bocca in bocca, senza mai diventare grandi abbastanza. Quando fratello Gutenberg inventò la stampa si realizzò la libertà di parola, ma i governi non seppero usufruire di questa forza ed essa cadde nelle nostre mani. E in virtù della stampa accumulammo l'oro, pur rimanendo dietro le quinte. Provammo la strada della cultura. Pagammo scrittori e filosofi – perfino cantanti –, ma non cambiò quasi nulla.

Oggi abbiamo la possibilità di uno scatto in avanti.

Grazie a Internet, le nostre storie possono cominciare a volare e la verità a impossessarsi del mondo. Abbiamo a disposizione un esercito di propalatori con cui smascherare le false teorie del complotto e affermare quelle vere. Altrimenti la nostra fantasia servirà soltanto a raccontarci storie da soli.

Come l'idolo indiano Visnù, la nostra rete avrà cento braccia, perché la verità appartiene a chi sa raccontarla.

Come vi ho già detto, il nostro nemico deve essere debole, male organizzato, maleducato e maleodorante. In questo senso i negri dell'Africa sono perfetti. Ne arrivano tanti ogni giorno, non si esauriranno mai, e minacciano soprattutto i più poveri, cioè quelli più inclini a credere in noi.

Ecco dunque la storia! Non sono africani: sono ricchi studenti francesi, tedeschi e inglesi pagati dagli Stati europei nemici per sbarcare sulle nostre coste e farci fare brutta figura. Dobbiamo aizzare l'odio del popolo contro di loro! Sarà sufficiente ammassarli in mille in baracche per farli infettare e trasformarli davvero in untori.

L'umanità crede a una cosa per volta, altrimenti non esisterebbe la pubblicità. E crede solo a cose elementari, altrimenti gli intellettuali governerebbero il mondo.

La nostra arma è la contraddizione. Diremo una cosa e il contrario, ma mai contemporaneamente, prima l'una poi l'altra.

Non occorre studiare, informarsi non serve.
Bisogna essere ignoranti per fare pensieri nuovi.

18.

Miriam era convinta di averlo ammazzato. Ferma al semaforo in attesa del verde, sentiva sulla coscia lo spigolo della scatola di Vividone che si era infilata in tasca prima di uscire, insieme alla seconda siringa. Avrebbe buttato tutto nel primo cestino. Non aveva intenzione di ucciderlo, però era stata abbastanza lucida da bucargli la vena nello stesso punto della prima iniezione.

Alzò gli occhi sul semaforo, il rosso le apparve offuscato. Si toccò con la punta del dito l'angolo dell'occhio destro e si accorse che stava piangendo. Ma poteva anche essere il vento che la moto le aveva sputato in faccia. Quando era uscita di casa, Pitamiz respirava appena. Prima di andarsene gli aveva preso il polso. Il suo cuore era molto rallentato. Era scappata.

Michele stava facendo il caffè quando il campanello suonò. Forse il nonno aveva dimenticato qualcosa. Era uscito da dieci minuti per andare in posta a ritirare la pensione. Happydemia non poteva certo essere: Ines lo aveva chiamato in mattinata per dirgli che lo avrebbero sostituito per un paio di giorni. Andò alla porta infilandosi la mascherina e Miriam era lì, sul pianerottolo, con un vestito corto, azzurro e orecchini pendenti; e lui non ebbe neppure il tempo di dirle ciao che lei gli si buttò contro, gli abbracciò le costole e nascose la faccia dentro il suo petto. Michele si sentì un tronco d'albero con le braccia divaricate indecise se muoversi e ricambiare l'abbraccio o rimanere immobili come i rami quando il vento non c'è. Michele si accorse da come sussultava toccandogli la pancia che forse stava piangendo e infatti, quando si staccò, gli sorrise con gli occhi bagnati.

– Togliti le scarpe, – le disse Michele, chinandosi a raccoglierle.

Gli bastò allungare il braccio e fu come prenderle la mano per condurla in camera sua. Posò le scarpe sul davanzale, tra la cornice e la persiana socchiusa per non fare entrare il caldo. Miriam, intanto, si era seduta sul letto:

– Perché piangevi?

Miriam si lisciò i capelli, aveva la stessa mascherina nera che indossava la prima volta che si erano visti. Michele protese una mano per abbassargliela, ma lei lo fermò con un gesto:

– Stamattina ho fatto una cosa che non avrei dovuto.

– Che cosa?

– Non ne voglio parlare.

– Vuoi mimarla?

Miriam strinse le palpebre e Michele scosse forte la testa, sembrava un cane appena uscito da un fiume. La visione la fece sorridere:

– Ho sempre apprezzato la discrezione degli asterischi.

Anche Michele strinse le palpebre. Miriam avvicinò le dita per sfiorargli il braccio e farlo venire vicino.

Pitamiz si svegliò e controllò l'ora. Aveva dormito soltanto quattro ore, ma sembravano passati due giorni. Aveva sognato di nuotare insieme ai delfini, di saltare con loro sopra le onde, ridendo come nella vita reale non aveva mai fatto. Se avesse potuto si sarebbe rituffato nel sogno, ma si sentiva felice: aveva trovato il farmaco giusto, per commercializzarlo sarebbero bastati pochi ritocchi. Si alzò con cautela guardandosi intorno alla ricerca della ragazza che lo aveva assistito, ma non la trovò, doveva essersene andata da un altro cliente. Provò una fitta di fastidio al pensiero di non averla soltanto per sé. Le scrisse un messaggio:

– Grazie, mi hai fatto fare un sogno bellissimo. Torni domani?

Miriam e Michele si erano seduti di fianco sul bordo del letto. Non si erano tolti le mascherine e, non sapendo cosa far fare alle mani, fingevano di guardare i telefonini. Di tanto in tanto Michele spostava gli occhi di lato per sbirciarla e vedere se era ancora triste, invece aveva smesso di piangere. Stava cercando di farsi venire in mente qualcosa da dirle, quando il telefono di Miriam vibrò. Le era arrivato un messaggio. Si precipitò a leggerlo e sorrise. Dopo aver appoggiato il telefono sul comodino, si distese di lato, con la faccia verso il muro. Michele si sentiva così paralizzato che quasi provava dolore nei muscoli. Miriam teneva la mano immobile sul fianco, poi mosse appena le dita, fu come un sussurro che Michele comprese essere un segnale, un invito, un desiderio. Si sdraiò sul letto dietro di lei facendo attenzione a non toccarla. Con la mano libera scostò la mascherina in modo da liberarsi le narici e, appena Miriam sentì il suo respiro, si mosse appena all'indietro, lui in avanti e le posò la mano sul fianco, sorprendendosi perché sembrava grandissima, ma della misura esatta per potersi adagiare proprio in quel punto. Mirian inarcò la schiena e con la testa si avvicinò al muro. Ora aderivano, non c'era quasi più spazio tra loro, ma la mano di Miriam lo cercò lo stesso trovandolo senza vedere. Stava succedendo. Come se lo avessero saputo da sempre. Lasciarono fare ai corpi, che sapevano tutto a memoria e non chiedevano niente, esistevano e basta; senza togliersi i vestiti, senza sfilarsi le maschere, perché accarezzarsi e baciarsi sarebbe stato troppo, avrebbe voluto dire che per loro quel momento era poco, non era abbastanza, e invece in quel tempo e in quel luogo era tutto quello di cui avevano bisogno.

19.

Se c'era un posto che al Previdente del Consiglio piaceva ancora di più del Salotto giallo era il Salotto d'argento, perché era un luogo segreto pieno di specchi. Lo aveva commissionato Fabio Chigi nel 1660, dopo essere stato eletto papa con il nome di Alessandro VII, all'architetto Felice della Greca, uno di cui poteva fidarsi avendogli risparmiato una condanna a sette anni di triremi per l'omicidio di un certo Teodoro Leonelli, rivale in amore. La funzione primaria del Salotto d'argento era accogliere le amanti occasionali di Alessandro, di cui quelle ufficiali era meglio non sapessero niente, ma all'occasione anche monarchi stranieri, messaggeri di religioni orientali, oltre ai banchieri, naturalmente. Vi si accedeva dall'anticamera attraverso una porta nascosta dietro il camino nero e la soprastante specchiera. Gli ospiti, invece, arrivavano dal retro di un negozio di souvenir di piazza Colonna, che introduceva ai sotterranei di Palazzo Wedekind – sede del quotidiano "Il Tempo", i cui giornalisti, però, non avevano mai nutrito sospetti – e a un piccolo montacarichi, detto la "sedia volante", direttamente collegato alla stanza.

Quel giorno il Previdente attendeva il suo ospite guardando fuori dalla finestra con le dita intrecciate dietro la schiena. Era in ghingheri, come al solito: lavato, profumato e con la manicure appena fatta. Ascoltò i rintocchi delle campane di Santa Maria in Via fondersi con le sirene quando al centro della piazza, proprio intorno alla colonna, notò alcuni consegnator che stavano mangiando pizze e panini, stravaccati come se fossero al parco. Appena li vide, il Previdente dettò a Siri un messaggio perché fossero immediatamente sgombrati dalla sicurezza. Quei continui assembramenti stavano diventando un problema di ordine pubblico: sfruttando la libertà di movimento, i consegnator ormai si comportavano da padroni delle città innescando tensioni sociali crescenti di cui il Previdente avrebbe fatto volentieri a meno. Fece un passo di lato per godersi la scena della polizia che eseguiva il suo ordine con il mitra spianato, e i ragazzi che si disperdevano a piedi o in bici abbandonando per terra i resti del pranzo. In quel momento sentì il rumore di ingranaggi del montacarichi. Il suo ospite stava arrivando.

Aveva fatto apparecchiare per due e ordinato vitel tonné, il suo piatto preferito. Il cigolio del montacarichi tacque. Dopo qualche secondo, il grande arazzo dietro cui era nascosto lo sportello dell'ascensore si alzò e Pitamiz fece un passo all'interno. Aveva lo sguardo appannato, sembrava sotto l'effetto di qualche sostanza. Si salutarono sfiorandosi con i gomiti sollevati a spigolo. Senza aspettare che il Previdente gli indicasse il suo posto, Pitamiz andò a sedersi a tavola e si sistemò con cura il tovagliolo sulle gambe. Si muoveva come se il presente fosse il vestito con cui entrare nel futuro. Il Previdente occupò la sedia di fronte e abbassò il mento: il pranzo poteva iniziare.

Pitamiz masticava in silenzio con un'espressione di lieve disgusto. Separava il cibo con cura usando la forchetta in modo da formare piccoli cumuli intorno a cui disponeva i capperi scartati, di cui invece il Previdente andava ghiotto. Notò che Pitamiz li stava disponendo in modo da disegnare due spirali concentriche, come se per placare le proprie nevrosi dovesse imporre schemi ordinati alle cose, con qualsiasi mezzo: forchette, psicofarmaci, algoritmi.

Nella mente del Previdente per un attimo si agitò il dubbio che avesse ragione – la realtà poteva essere davvero plasmata e si potevano migliorare le cose – ma cercò subito di pensare ad altro. Doveva rimanere concentrato. Dopo l'incontro sarebbe partito per Bruxelles per partecipare a un summit dei capi di Stato europei durante il quale si sarebbe discussa la possibilità di istituire un sussidio universale. Con Pitamiz sarebbe rimasto sul vago, ovviamente. Voleva solo rendersi conto di persona se la sua idea di riforma del sonno fosse abbastanza solida da potere essere accennata ai colleghi stranieri.

In Italia sembravano tutti d'accordo. Nei giorni precedenti il Previdente aveva cautamente sondato la maggioranza, la minoranza e le parti sociali, rilevando un consenso largo, quasi unanime, che poteva dare forma a convergenze e maggioranze alternative. Gli industriali erano entusiasti, i sindacati pure, si erano dimostrati possibilisti anche il ministro degli Affari Miei, il ministro delle Attività Improduttive e la ministra della Salute (e dei Saluti a Distanza). Le uscite a orari fissi e i turni obbligati di riposo avrebbero reso la gente più riposata, meno nervosa.

Il Previdente aveva telefonato perfino all'ex Primo ministro dell'Interno, che non sentiva da mesi, percependo nel suo tono di voce una certa mollezza, un'eventuale disponibilità a non mettersi di traverso, a patto che – su questo punto aveva molto insistito – i turni del sonno autorizzassero i suoi fan a organizzare ronde notturne contro gli sbarchi. Soltanto al Segretario del PdLGPP il Previdente non aveva detto nulla perché sapeva che sarebbe rimasto zitto come sempre, fedele al motto "Un bel tacer non fu mai scritto" che dava nome alla sua corrente nel partito.

Assaporando l'ultimo boccone di vitel tonné, il Previdente si compiacque della delicatezza della carne e della salsa appena inasprita dall'acido sapore dei capperi, quando sentì su di sé gli occhi dell'altro. Pitamiz lo stava fissando con l'indice e il medio posati sul bordo del piatto che sospinse in avanti per dimostrargli che aveva finito. Soltanto a quel punto il Previdente si rese conto che non avevano ancora parlato.

– Non desidera il dolce? – domandò onorando la famosa ospitalità del Meridione che per lui costituiva una regola sacra.

Pitamiz scosse la testa: – Non amo i dolci. Grazie.

Il Previdente si umettò le labbra con il tovagliolo di lino, lo ripiegò e ripose sul tavolo.

– Allora, Pitamiz, veniamo a noi. Sarò franco. Ho valutato la sua proposta e ne ho parlato con i miei. L'idea di ristrutturare i ritmi di vita, almeno in via provvisoria, in attesa della fine dell'emergenza sanitaria, sembra riscuotere un certo consenso. Non le nascondo, però, le mie perplessità. Mi sembra rischioso. L'idea di rimborsare antidepressivi, eccitanti e ansiolitici, come sa, non è stata accolta dalla popolazione con l'entusiasmo che ci si sarebbe aspettato e non possiamo permetterci un altro buco nell'acqua.

– Il primo a resistere ai cambiamenti è sempre il popolo, Previdente. Ma i cambiamenti si impongono o si subiscono.

– Non ne sono del tutto certo, Pitamiz. Le confesso che mi ha sempre lasciato freddino il celebre motto del *Gattopardo*: "Se vogliamo che tutto rimanga come è, bisogna che tutto cambi"... Se lo ricorda?

A Pitamiz quella frase era sempre parsa mal formulata perché mai niente rimane come è. Sollevò il polso e controllò l'ora.

– Anche lei segna le 12.37?

Il Previdente verificò e annuì.

– Perché, ha un appuntamento?

Pitamiz proseguì come se l'altro non avesse parlato: – Lei lo sa che i nostri orologi sono sincronizzati perché più o meno un secolo fa a Parigi i potenti del mondo decisero che il tempo dovesse essere uguale per tutti, altrimenti non avrebbero potuto imporre agli uomini i ritmi delle macchine? Il problema era produrre e consegnare le merci in tempi certi. È per questo che in pochi anni furono inventate le ore esatte, i fusi orari, i turni di lavoro e gli orari dei treni. Questo schema però non regge più, sfortunatamente.

Il Previdente gettò uno sguardo annoiato al soffitto affrescato. Il potere gli era capitato per caso e avrebbe fatto qualsiasi cosa per tenerlo stretto, ma non sopportava i discorsi sui massimi sistemi. Per lui la realtà era un intrico di dettagli ed erano solo i dettagli che bisognava gestire. Pitamiz, intanto, si era infervorato.

– Abbiamo bisogno di un tempo nuovo, Previdente. E lei può essere l'uomo che lo inaugurerà. Come Augusto che intitolò a proprio nome il mese in cui ancora oggi, dopo duemila anni, facciamo le vacanze.

Il Previdente si morse il labbro inferiore. L'accostamento ad Augusto gli era piaciuto moltissimo.

– Non esageri, adesso, con i paragoni. Mi illustri, piuttosto, i vantaggi della riforma.

– Ma lei lo sa, Previdente, che tra le 7 e le 8 del mattino in Italia escono di casa undici milioni di persone? Provi a immaginare quanti virus e quante tensioni portano in giro. Le pare sensato?

Il Previdente agitò una mano davanti al viso per scacciare dalla mente l'immagine di interi vagoni della metropolitana stipati di microbi.

– Come le ho detto, Pitamiz, l'idea di definire in via provvisoria turni per dormire mi pare sensata. Ma un po' radicale, sarò sicuro. Più sto qui e più mi convinco che il potere è una tecnica per perpetuare se stesso. E che quindi necessita della massima stabilità.

– Mi sta dicendo che non le interessa cambiare il mondo?

Il Previdente esitò, poi si piegò in avanti e abbassò la voce. La risposta richiedeva un tono confidenziale.

– Si inizia a fare politica per cambiare il mondo, ma poi il mondo comincia a piacerti e non vorresti cambiare più niente.

– Previdente, ma niente rimane com'è! Mai. L'unica cosa che può rimanere è il potere, come il sole invisibile intorno a cui ruota il sistema.

Il Previdente si lasciò sfuggire un gemito di soddisfazione. Era una bellissima analogia.

– Non sono nemmeno sicuro di averlo, il potere, – si schermì. – E comunque il potere serve a servire.

– Un discorso da perfetto servitore dello Stato… Ma è lo spirito del tempo che bisogna servire, Previdente, non gli uomini. Gli uomini bisogna osservarli soltanto perché spesso, senza saperlo, incarnano la storia. È come fare surf. Per stare in piedi va assecondata l'onda.

– In effetti, Pitamiz, è quello che cerco di fare. Se la sua idea raccoglie consensi, chi sono io per oppormi?

Il Previdente sorrise e puntò sul tavolo le dita aperte di entrambe le mani.

– Ora, se vuole scusarmi…

Sollevò appena il sedere: – …dovrei prepararmi per il summit europeo di domattina.

– Ho sentito che si parlerà anche di un reddito universale per rilanciare l'economia, – disse Pitamiz alzandosi.

Il Previdente confermò, e premette il pulsante per chiamare l'ascensore segreto.

– Ha qualche idea anche su questo, Pitamiz?

– Solo una, Previdente: si assicuri che chi riceve il sussidio lo spenda in fretta, altrimenti saranno soldi buttati.

20.

La sera prima che Michele tornasse al lavoro, fu colpito il Moviola. Accadde più o meno alla stessa ora, le sette di sera, nello stesso tratto di strada dove quattro giorni prima era stato ferito Michele. Al tramonto, dopo avere accumulato noia e rabbia per tutta la giornata, qualcuno si distraeva affacciandosi al davanzale e lanciando un vaso di gerani sul primo consegnator in transito. L'ambulanza era arrivata dopo quaranta minuti perché quel giorno c'era stata un'impennata dei contagi, e quando il Moviola era stato caricato già non parlava più. La polizia aveva fatto i suoi rilievi e ipotizzato traiettorie balistiche poco attendibili perché il palazzo era enorme e infestato di finestre e balconi. Tra i ragazzi di Happydemia, la notizia si sparse all'alba del mattino seguente. Fu il Cometa a dirlo a Michele e Miriam, che lo aveva accompagnato.

– Hanno beccato il Moviola, questi bastardi. Ti è andata bene, – raccontò ansimando.

– È successo nello stesso punto. Lo stesso stronzo. Sicuro. Sempre gerani. Ma questa volta l'ha preso, lento com'è.

– È grave?

Il Cometa non riuscì neanche a parlare.

– Sì, ma non so quanto. Lo hanno operato al cervello stanotte.

Scoppiò a piangere e singhiozzando balbettò: – Forse diventerà intelligentissimo...

Intorno a loro si stava radunando la folla degli altri, ragazzi e ragazze che abbandonavano le file davanti agli sportelli della distribuzione per andare a sentire e stare vicini. Dopo dieci minuti Ines uscì dalla sua postazione per richiamarli al lavoro, ma nessuno ubbidì. Era ricomparsa la Porsche gialla che attraversava la piazza, come il primo giorno, in direzione dei garage sotterranei. Quando fu alla loro altezza, rallentò e abbassò il finestrino. Si affacciò Pitamiz.

– Che cosa succede, ragazzi?

Miriam fece un passo dietro Michele per nascondersi e Michele ne fece uno in avanti per nasconderla. Anche per questo fu il primo a parlare.

– Ieri sera è stato colpito uno dei nostri.

– Mi dispiace. Come si chiama? – chiese Pitamiz.

– Noi lo chiamiamo Moviola. Gli hanno lanciato un vaso da una finestra. La scorsa settimana è successa la stessa cosa a me, ma lui è stato preso in testa. Non si sa se ce la farà.

Pitamiz picchiò un pugno sul volante, spalancò la portiera e scese tra loro.

– Lo so come vi sentite, ragazzi, – disse passando in rassegna i loro sguardi. – Sono tempi difficili, la gente è stanca, furiosa. Ma è con le nostre consegne che facciamo diminuire la rabbia sulla Terra. Quello che facciamo ha valore, anche se è rischioso.

Michele abbassò la mascherina.

– È rischioso per noi. Non per voi. Tentano di ammazzarci.

– Siete liberi di arrendervi, ma grazie ad Happydemia potete calmarvi

Michele aprì lentamente lo zaino, pescò una pillola e la ingoiò senza staccare gli occhi da Pitamiz.

– A volte abbiamo bisogno di calmarci anche noi.

Si sedette sull'asfalto a gambe incrociate. Miriamo notò che il suo naso pendeva a destra.

Pitamiz rimase a bocca aperta. Intorno alla Porsche si stavano sedendo tutti: per primo il Cometa, poi Miriam voltata per non farsi riconoscere e, via via, decine di altri ragazzi e ragazze in tuta bianca che fino a quel giorno avevano consegnato senza fare domande e senza chiedere niente. Ines girava tra loro gridando: – Non si preoccupi, dottor Pitamiz. Ci penso io, adesso si alzano!

Invece nessuno si alzò. Pitamiz si accovacciò a un metro e mezzo da Michele.

– Se non lavorate, morirete di fame.

Michele non si mosse.

– Se non lavoriamo, morirete di fame anche voi.

APPUNTI DI UN ANONIMO IMBUCATO AL SUMMIT DEI 27 DELL'UNIONE EUROPEA

Dunque, c'erano un francese, una tedesca e un italiano.

E altri ventiquattro individui di ventiquattro nazioni diverse, per la schiacciante maggioranza di sesso maschile: uno spagnolo, un olandese, una belga, un austriaco, un bulgaro, un croato, un ceco, un cipriota, una danese, un estone, una finlandese, un irlandese, un lettone, un lituano, un maltese, un lussemburghese, un polacco, un romeno, uno slovacco, un ungherese, un portoghese, uno sloveno, uno svedese e un greco.

Il summit dei 27 Capi di Stato e di governo dei 27 Paesi dell'Unione Europea avrebbe discusso l'unico punto all'ordine del giorno: "Come non fare morire di fame, di noia e di rabbia 741 milioni di cittadini europei".

I temi sul tavolo, molti e molto complessi, potevano essere riassunti in otto macro questioni:

1. dove troviamo i soldi: tassando o stampando?
2. quanti ne diamo;
3. di che tipo li diamo;
4. a chi li diamo;
5. quando li diamo;
6. come li diamo;
7. come rilanciamo i consumi;
8. come blocchiamo l'inflazione? Ce ne freghiamo?

Prima che la discussione iniziasse, l'italiano tentò senza successo di inserire in odg anche una fantomatica Riforma del sonno, ma fu respinto con perdite. Il dibattito si concentrò fin da subito ed esclusivamente sul reddito universale. Trascrivo di seguito uno scampolo della conversazione per dare un assaggio della sua vivacità:

– Un revenu universel est nécessaire![1]
– Ja, wenn Sie dafür bezahlen![2]
– A pagare c'è sempre tempo, dai![3]
– Laten we het gewoon geven aan degenen wie werkt, de luie kan het redden![4]
– ¡Solo para los desempleados![5]
– Precz z leniwymi i gejami![6]
– Streift net…[7]
– Is-sussidju se jkun f'euro jew munita oħra?[8]
– EURO![9]
– En anden mønt![10]
– Sea, déanaimis mona comhthreomhar a chumadh![11]
– Kaj če ga ne porabijo?[12]
– Нека го направим, че ако не се изразходва, губи стойност. Някога чували ли сте "melting currency"?[13]
– Da! Ce nume îi dăm?[14]
– Deve ser parecido com o euro.[15]
– Eureka![16]

[1] Francia: – È necessario un sussidio universale!
[2] Germania: – Sì, se lo pagate voi!
[3] Italia: – A pagare c'è sempre tempo, dai!
[4] Olanda: – Diamolo solo a chi lavora, i pigri si arrangino!
[5] Spagna: – Solo ai disoccupati!
[6] Polonia: – Abbasso i pigri e i gay!
[7] Lussemburgo: – Non litigate…
[8] Malta: – Il sussidio sarà in euro o in un'altra moneta?
[9] Finlandia: – Euro!
[10] Danimarca: – Un'altra moneta!
[11] Irlanda: – Sì, inventiamo una moneta parallela!
[12] Slovenia: – E se poi non la spendono?
[13] Bulgaria: – Facciamo che se non viene spesa subito si deprezza. Mai sentito parlare di "melting currency"?
[14] Romania: – Sì! Che nome gli diamo?
[15] Portogallo: – Deve assomigliare all'euro.
[16] Grecia: – Eureka!

L'idea di chiamare "eureka" la nuova moneta piacque a tal punto che si decise di istituirla. Quanto al resto, si continuò a litigare fino a sera senza trovare un accordo. Al momento dei saluti qualcuno avanzò la proposta di lasciare libertà di scelta ai singoli Stati.

La discussione sollevò dettagli cruciali: il finanziamento doveva essere a fondo perduto o rimborsabile? Poteva essere cumulato ad altri redditi, per esempio allo stipendio? E ancora, il paniere dei beni acquistabili con l'eureka sarebbe stato limitato a quelli essenziali o esteso anche ai voluttuari? A questo proposito, il primo ministro dell'Eire fece notare che per un dublinese una pinta di stout è molto più importante di un chilo di pasta ("We rarely eat pasta"), quello della Lituania lo sostenne facendo l'esempio della vodka e il Presidente francese, dopo avere decantato le lodi del foie gras, dello champagne e di Christian Dior, disse: "Tutto è essenziale aujourd'hui, anche le scarpe, le borse, la haute pâtisserie. Liberté, égalité et lingerie. Senza i grandi marchi non esiste cittadinanza e non c'è democrazia".

Quando si passò a definire nei dettagli la nuova moneta, il bulgaro si impuntò affinché fosse a tempo, cioè si deprezzasse a meno di non essere spesa subito: "Avete mai sentito parlare di *melting money* o *shrinking money*?" chiese. Il portoghese si dimostrò preparatissimo (e un po' saccente): "È una storia molto affascinante," disse. "Tra i primi a concepire l'idea di una valuta accelerata ci fu Silvio Gesell, un anarchico prussiano emigrato in Argentina che nel 1916 avanzò la teoria secondo cui il denaro è l'unica merce indeperibile. Per questo propose di istituire una moneta a tempo, o 'libera', che si squaglia se non viene immediatamente spesa. L'idea fece proseliti e negli anni trenta fu perfino sperimentata con buoni risultati in Germania, Austria e Svizzera. La moneta si chiamava Wära...". "È geniale!" urlò lo sloveno. "Daremo una scossa all'economia. La gente sarà felice di sputtanarsi il sussidio in cazzate prima che perda valore."

La questione dirimente, quella su cui ci si incagliò, fu se agganciare il reddito al lavoro, se cioè destinare il sussidio ai soli lavoratori, ai soli disoccupati o a entrambi. Si formarono due fazioni: alcuni sostenevano che concederla ai soli disoccupati avrebbe scoraggiato il lavoro, altri segnalarono che sarebbe stato impensabile mantenere cinquecento milioni di disoccupati, due terzi della popolazione europea complessiva. Il lituano, che in segreto nutriva ancora nostalgie comuniste, lanciò una proposta radicale:

– *Jei galime atspausdinti tiek pinigų, kiek norime, atiduokime juos visiems ir išsigimk!*[17]

Nessuno però lo prese in considerazione, anche perché il lituano non lo parlava nessuno. Quando il rappresentante italiano fece sommessamente notare che il primo articolo della sua Costituzione recitava: "L'Italia è una Repubblica fondata sul lavoro", quello olandese gli scoppiò a ridere in faccia: "Kredefo ke era fondata sulla pikrizia". A cercare una mediazione fu la danese che propose di riformulare l'articolo basandolo "sul consumo, ché sarebbe anche più cool".

Un passo in avanti fu compiuto dal Primo ministro greco che, riscuotendo il credito di cui godeva per avere scovato il nome della nuova moneta, cominciò a declamare un brano tratto da *Where Do We Go from Here*, il libro che il reverendo Martin Luther King pubblicò nel 1967, pochi mesi prima di essere ammazzato:

"La soluzione alla povertà è la sua abolizione attraverso una misura ampiamente discussa: il reddito garantito," lesse il greco nel silenzio generale. "Siamo arrivati al punto in cui dobbiamo rendere il non-produttore un consumatore o ci troveremo ad affogare in un mare di beni di consumo. Abbiamo padroneggiato così energicamente la produzione che ora dobbiamo prestare attenzione alla distribuzione." A quel punto si alzò in piedi e fieramente terminò la lettura: "Il problema indica che la nostra enfasi deve essere duplice. Dobbiamo creare una piena occupazione o dobbiamo creare reddito. Le persone devono essere rese consumatori in un modo o nell'altro".

[17] – Se possiamo stampare quanti soldi vogliamo, diamoli a tutti e basta!

Qualcuno applaudì, qualcuno rimase immobile, la maggior parte dormiva perché ormai si era fatta una certa.

Fu allora che, con tipica astuzia italiana, il rappresentante di Roma avanzò di nuovo ai colleghi la sua proposta di Riforma del sonno. Nessuno capì, ma pur di andare a letto tutti approvarono.

21.

Il Cometa filmò, Miriam postò e nel giro di un'ora condivisero in cento che diventarono mille, duemila, un milione. L'hashtag si stabilizzò, l'algoritmo calcolò, diffuse, moltiplicò. E qualcuno, vedendo i consegnator in sciopero, si fermò, chiese che cosa stava succedendo e decise di restare. Intorno a mezzogiorno, nella piazza, al bianco e rosso delle uniformi di Happydemia si aggiunsero altri colori: il giallo e verde di Glovo, il ciano di Deliveroo, l'arancione di Just Eat, il ceruleo di Amazon Prime. Giunsero i gendarmi, dissero: – Che cosa fate sdraiati per terra? Tornate a casa ragazzi, non capite che così vi odieranno di più? –. Ma i ragazzi non si mossero. Nel pomeriggio la protesta dei consegnator di Happydemia era diventata una notizia, qualcosa era accaduto e stava accadendo.

Quando Michele tornò a casa la sera, dopo essere rimasto seduto nel piazzale per nove ore filate, davanti al mini market della signora Pina c'era già la coda. I più svelti si erano precipitati nei supermarket e nei negozi di quartiere oppure piazzavano ordini su Internet. Erano anziani soprattutto, vecchie in ciabatte con la retina sui capelli, signore ormai indifferenti alla ricrescita, uomini in braghe corte e sandali, ma c'erano anche giovani madri con i capelli pinzati da mollette fucsia o nascosti sotto il velo islamico. Ovunque i bambini correvano, felici di essere stati improvvisamente liberati. Non tutti avevano ottanta euro da spendere e così, per evitare le multe, univano le liste e mandavano a fare la spesa una sola persona.

Michele prese posto in fondo alla fila in un gruppo di anziani e gli sembrò di essere tornato indietro al tempo in cui le generazioni vivevano insieme. In attesa del suo turno una vecchia raccoglieva da terra mozziconi di sigaretta per recuperarne il tabacco. Un chihuahua legato a un corrimano aspettava il padrone guardando il mondo da sotto in su, con gli occhi acquosi che hanno i cani quando rimangono soli. Presto sarebbe arrivato l'autunno, ma faceva ancora molto caldo. Michele ripensò alle estati di quando era bambino, suo papà la chiamava "la stagione dei mangiatori di angurie", che si radunavano di notte in ciabatte intorno ai baracchini e affondavano la bocca nel rosso della polpa sputacchiando in giro semi neri. Con il caldo la civiltà si allentava e apparivano i corpi – le spalle, le pance, i piedi sudati – e le persone si mostravano per quello che erano. La strada diventava come una stanza. Poi c'era stata l'epoca dei corpi puliti, ordinati, ben vestiti, anni in cui prima di apparire in pubblico bisognava abbellirsi, ma anche quella pareva passata per sempre. Con il contagio il disordine riprendeva potere.

Il suo turno arrivò dopo venti minuti. Sugli scaffali resistevano molti pacchi di penne lisce, un unico fustino di detersivo in formato famiglia, hamburger e petti di pollo di prima scelta perché quelli scontati erano finiti, frutta e verdura, non tutta, quella ammaccata, le bottiglie di acqua minerale e la carta igienica scarseggiavano e si erano aperte voragini nel reparto dello scatolame. Michele trascinò a casa più spesa possibile. Il nonno, che lo aspettava davanti al telegiornale, lo guardò come se fosse lontano.

– Che cosa hai combinato?

Michele posò le borse sul pavimento e si accovacciò a disinfettare tutto prima di riporlo in frigorifero o nella dispensa.

– Io? Dici lo sciopero?

Gli elastici della mascherina possono provocare piaghe dietro le orecchie.

– Dico la ragazza, Michele, che mi hai portato in casa.

Per prendere tempo, Michele dispose il contenuto di un altro sacchetto sui fogli di giornale distesi sul pavimento: le scatole di pelati, il riso, l'olio.

– Ho trovato un orecchino nel tuo letto, Michele. Quando l'hai fatta entrare?

– L'altra mattina. Tu eri in posta.

– Quanto è rimasta?

– Non saprei.

– Quanto?

– Fino a quando sei tornato.

– Perché non l'ho vista?

Michele si era spostato in cucina. Stava mettendo i surgelati nel freezer.

– L'ho fatta uscire di nascosto quando sei andato in bagno. Però, nonno, le ho fatto togliere le scarpe e ha tenuto la mascherina!

Il nonno non replicò. Michele avrebbe voluto andargli vicino, abbracciarlo, chiedergli scusa e dirgli di non preoccuparsi. Attilio sussurrò:

– Lo sai che sono malato, vero, Michele?

– Lo so, nonno.

– Lo sai che se me lo prendo, questa volta rischio di morire come tuo padre?

– Sì, nonno, lo so.

Gli occhi di Attilio si fermarono a fissare quelli del nipote:

– Io voglio vivere, Michele.

Le parole gli uscirono rauche di bocca, come se affiorassero da un posto profondo:

– Voglio vivere anch'io, nonno.

La notte colò su Milano posandosi sulle palpebre di chi poteva uscire e di chi era costretto a rimanere in casa, le luci una a una si spensero e rallentarono i movimenti invasi dal sonno. Il respiro della città si fece più lento e profondo, dalle finestre aperte si poteva sentire qualcuno russare e l'ululato continuo delle sirene. Sui social e in tv si cominciava a parlare della possibilità di vivere a turni. Attilio e Michele si addormentarono presto, avvolti nel dispiacere della lite, ma mentre dormivano la Terra continuò a girare su se stessa permettendo al Sole di avanzare verso est e lasciarsi alle spalle la notte. L'alba del giorno dopo illuminò altre nazioni, scivolò sul Giappone e sull'Oceano Pacifico, accese l'Australia, la Siberia, la Cina, e avanzando depositò ovunque, in modo che apparisse nei telefoni accesi al risveglio, la notizia che in Italia stavano per scaglionare la vita, il sonno e la veglia, ma anche che qualcuno era sceso in sciopero e che qualcun altro lo aveva imitato. Fu un'onda lenta e profonda, di quelle che all'improvviso bagnano tutta la spiaggia. Qualcuno tra chi usava le braccia, le gambe, i muscoli, i tendini e per distribuire le cose di cui comunque la vita ha bisogno, stava dicendo che era disposto a morire, piuttosto che vivere in quel modo. Le parole "Moriamo di fame" non risuonavano come un lamento, ma come una minaccia, una promessa, una scelta.

Alle 6 del mattino, quando Michele si svegliò, Attilio era già in cucina che faceva colazione in mutande.

– E lo sciopero? – disse versandogli il caffè nella tazza.

Michele, sedendosi, si tolse le cispe dagli occhi.

– Come vi è saltato in mente?

– Non so, nonno, ieri hanno ucciso un mio amico.

– Chi?

– Non lo conosci.

– Sì, ma come si chiama?

– Lo chiamavamo Moviola.

– Perché?

– Perché si muoveva con lentezza.

Il nonno spinse la tazza e i biscotti verso di lui, ma Michele li ignorò. Voleva parlare.

– È successo nello stesso posto in cui hanno colpito me. Ci odiano, nonno. Noi gli portiamo a casa da mangiare e tutto quello che vogliono, e loro ci insultano. Ti pare giusto?

– No, non mi pare giusto, Michele. Ma la gente ha paura. E anch'io.

– Lo so che avresti preferito che facessi l'università o un lavoro in smart working qualsiasi, ma io a casa appassisco, nonno, e se tutti lavorassero da casa, nessuno più potrebbe portare le cose a chi ne ha bisogno, oppure voglia.

Attilio bevve un altro sorso di caffè annacquato.

– Che cosa chiedete? Più soldi?

– Non vogliamo essere insultati e picchiati. O uccisi.

– Voglio dirti una cosa, Michele. Anche noi a vent'anni ci siamo ribellati.

Michele immaginò Attilio con i capelli lunghi e i jeans a zampa.

– Ma noi eravamo tanti, – continuò il vecchio. – Per ogni persona sopra i sessant'anni ce ne erano tre sotto i venti. Oggi è il contrario, basta uscire per accorgersene. Quando ero giovane io per strada si respirava voglia di vivere, oggi solo paura di morire.

Attilio posò il caffè sul tavolo, poi aggiunse:

– Ed eravamo tanti ma abbiamo perso lo stesso.

– Vorrà dire che perderemo anche noi, – rispose Michele.

Attilio annuì:

– Se lo sciopero continua, qui ci sarà sempre da mangiare per te.

Michele appoggiò il cucchiaino sul piatto, e il tremore gli si insinuò nella voce.

– Non hai capito, nonno. Se lo sciopero continua, non ci sarà più niente da mangiare per nessuno.

22.

Il Previdente del Consiglio riferì in Parlamento alle 17. Faceva ancora più caldo del giorno prima. Quando arrivò in piazza Montecitorio, sudavano tutti tranne lui. Discese con eleganza dalla berlina nera, sfoggiando una mascherina di seta bordeaux che all'occorrenza poteva essere adibita a cache-col o a pochette. Intorno, i gorilla della scorta grondavano sudore così oleoso che pareva gel disinfettante.

Fin dalle 8 del mattino Michele e gli altri erano rimasti seduti davanti alla sede di Happydemia, senza mangiare e senza parlare per non fare entrare l'aria calda nei polmoni e sentire meno il digiuno. Si alzavano soltanto per andare alla fontanella verde al centro della piazza che il comune fece chiudere intorno a mezzogiorno nella speranza di disperderli. Invece ognuno rimase al proprio posto. Anzi, ogni tanto qualcuno arrivava per aggiungersi alla protesta. All'inizio erano singoli rider, poi si presentarono in gruppo. Nei supermercati i rifornimenti diminuivano, ma i clienti aumentavano. Le consegne cominciavano ad arrivare in ritardo o a non arrivare proprio. Il ministro delle Attività Improduttive e delle Inattività Produttive aveva telefonato al collega titolare degli Affari Miei che aveva immediatamente provveduto a informare il Previdente:

– Se continua con questo ritmo, nel giro di tre giorni la frutta e la verdura marcirà sui camion. Si bloccherà tutto.

Entrato nell'aula di Montecitorio, il Previdente si aggiustò il ciuffo e gettò un'occhiata veloce al banco dei ministri, compiacendosi che fossero tutti presenti.

– Gentili deputate, gentili deputati, gentili senatrici, gentili senatori, gentile maggioranza, gentile opposizione, gentile ex Primo ministro dell'Interno, gentile segretario del PdLGPP…

Qualcuno diede di gomito al segretario, che aprì gli occhi. Si era addormentato di nuovo, gli accadeva spesso dopo pranzo. Aveva sempre avuto una digestione laboriosa. Era riuscito a pranzare soltanto alle due, e non aveva saputo resistere alla tentazione di ordinare l'abbacchio, accompagnandolo con mezzo litro di rosso dei Castelli. Come al solito, stava sognando un sogno elementare – scappava da un agnello gigantesco che minacciava di sedersi sul suo stomaco – perché non avendo immaginazione era sprovvisto anche della facoltà simbolica e perfino dell'inconscio, se per inconscio si intende qualcosa di più complesso della mera trascrizione delle emozioni. Raddrizzò la schiena fingendo interesse. Il Previdente aveva cominciato.

– Riferisco qui alla Camera in relazione allo sciopero dei consegnator di cui si è avuta insistita notizia nella giornata di ieri, e che tante preoccupazioni sta destando in molte parti delle parti sociali, oltreché in parti rilevanti dei comparti produttivi e improduttivi di parte di questo Paese.

Nei banchi dell'opposizione si levò qualche risolino, ma l'ex Primo ministro con un'occhiataccia si precipitò a reprimerli.

– Voglio essere molto chiaro. Non lo consentiremo. L'approvvigionamento dei beni essenziali è un servizio essenziale. Ho già dato ordine di procedere all'immediata precettazione di tutti i consegnator che entro dodici ore a far data da adesso…

Il Previdente controllò l'orologio.

– … non torneranno immediatamente al lavoro, e ho dato mandato alle nostre Forze armate, a cominciare dall'Esercito e dalla Protezione civile, e pure da quella Incivile, di provvedere frattanto ai bisogni elementari del popolo.

Il segretario, che si era abbioccato di nuovo, fu risvegliato dagli applausi della maggioranza. Il Previdente aspettò che l'entusiasmo si acquietasse e riprese la parola.

– Il provvedimento è inserito in un disegno di riforma più ampio, che non esito a definire rivoluzionario e che sono riuscito a fare approvare dal Consiglio europeo. Per garantire a ognuno – vecchi, donne, bambini – di uscire liberamente di casa, mi impegno a istituire tre fasce orarie – 8-16, 16-24, 24-8 – in modo che chiunque possa uscire una volta al giorno, nell'orario assegnato. Lasciatemelo dire con forza: grazie a questa riforma eviteremo gli assembramenti e dimezzeremo la popolazione senza che muoia nessuno!

Questa volta l'applauso fu fragoroso e il Previdente, galvanizzato, riprese con tono ancora più vibrante:

– Ma c'è un ma! In cambio di questa libertà pretendiamo che tutti dormano in orari stabiliti, in modo da garantire l'ordinato fluire della vita sociale!

Si concesse una pausa e riprese paterno:

– Il mio auspicio è che almeno in questa circostanza il Paese sia unito. Invito ufficialmente l'opposizione, nel rispetto delle sue prerogative democratiche, a sostenere lealmente l'azione del governo.

La maggioranza applaudì di nuovo, ma in modo più contenuto, per non concedere troppo, e così il segretario poté continuare serenamente a dormire. Il Previdente si deterse la fronte con la sua pochette-mascherina, accomodandosi in attesa della replica della minoranza per bocca dell'ex Primo ministro dell'Interno.

– Previdente, colleghi, amici e amiche care, il mio stupore è alle stelle. Quando c'è da coccolare i migranti a pane e nutella volete fare tutto da soli, ma quando arriva l'ora di menare le mani, chiedete il nostro aiuto. Sarebbe facile per noi dire: dovevate pensarci prima. Ebbene: dovevate pensarci prima! Se siamo arrivati a questo sciopero, la colpa è solo vostra. Avete fatto sbarcare ladri, stupratori, tagliagole, zozzi e lavativi, e adesso vi stupite che sobillino i nostri giovani a non lavorare? Lo dico chiaro, Previdente. Vi consideriamo complici del complotto dei poteri forti per sostituire la nostra gente, il nostro genoma, con quello dei baluba.

Il Previdente si era distratto. Un assistente gli stava bisbigliando all'orecchio che la protesta si era allargata ai raccoglitori.

– Anche ai fabbricatori? – chiese sottovoce il Previdente.

– No, le fabbriche sono salve, per ora.

Intanto l'ex ministro andava a concludere.

– Per il bene della Nazione garantiremo il nostro appoggio esterno, convinti come siamo che il bene del popolo prevalga sui calcoli di casta...

Si leccò un dito e prese il foglio successivo.

– Quanto alla riforma delle fasce orarie, ci trova entusiasti. Non solo perché garantirà alle mamme, ai papà, ai nonni e ai bambini di uscire a prendere una boccata d'aria, ma perché ci consentirà di non lasciare mai incustodito il Paese, neppure di notte, permettendoci di fermare gli sbarchi dei criminali. Il nostro appoggio, però, avrà due condizioni: la prima è il licenziamento immediato per giusta causa di tutti i consegnator stranieri. La seconda è la libertà di ronda per difendere il popolo.

Questa volta gli applausi furono unanimi e fu costretto a svegliarsi anche il segretario del PdLGPP che cominciò ad applaudire sulla fiducia. Intuì, però, che lo sciopero sarebbe stato represso e gli dispiacque, anche se i lavoratori erano troppi per pensare di difenderli tutti. Bisognava fare delle scelte. Ancora intontito dal sonno, cercò di ricordarsi chi avesse detto: "Proletari di tutto il mondo unitevi", ma rinunciò perché non si ricordava bene che cosa significasse proletari.

Un'ora più tardi il Parlamento approvò la risoluzione della Previdenza del Consiglio. Ci fu un solo astenuto, un deputato di Lecce che al momento del voto era uscito a telefonare all'amante. Il Previdente si godette il trionfo. C'erano leader da lacrime e sangue e altri da tempi felici, lui stava bene con tutto. Aveva conquistato un posto nella storia e governava il presente che non è un istante, come si crede, ma un'onda in cui l'acqua che arriva dal mare si mischia a quella che si ritira dalla terra, un impasto in cui il passato, svanendo, resiste al futuro che viene: la carta geografica disegnata da un pazzo che solo i pazzi, abitando l'illimitata sostanza confusa che esiste tra l'essere e il nulla, hanno voglia di immaginare.

23.

All'alba del terzo giorno le camionette dell'Esercito circondarono la piazza. I soldati si disposero in modo da formare un cordone intermedio tra gli scioperanti e la folla digrignante raggrumata intorno ai consegnator di Happydemia. Era composta da cittadini indignati per le mancate consegne, pensionati invidiosi, proprietari di cani e incattiviti runner che correvano da fermi. Gruppi che fino al giorno prima erano stati nemici ora protestavano fianco a fianco uniti dall'odio per i rider e dalla voglia di uscire di casa. C'erano gli igienisti delle Brigate Semmelweiss e i contabili pragmatici di Conteggi&Contagi, mamme No Vax e padri No Tax, complottisti, negazionisti (ma lo avrebbero negato), segregazionisti, millenaristi e naturisti (vestiti). Si era scomodata perfino Milly Antartica Visconti che, reggendo uno striscione con la scritta "La Ricrescita Felice", litigava con il leader barbuto di Viva il Virus, un gruppuscolo naziecologista che si batteva per l'estinzione del genere umano. Fin dalle prime ore del mattino, gli elicotteri solcavano il cielo. Alle 10 fu dato l'ordine di caricare.

L'attacco partì in un lampo. Decine di militari in tenuta antisommossa avanzarono di corsa verso l'interno della piazza, manganellando chiunque incontrassero sulla loro strada, incitati dalle urla e dagli applausi dei manifestanti. Non ci fu nemmeno il tempo di alzare le mani per ripararsi dai colpi. Quando i soldati presero il Cometa, Michele, che era al suo fianco, riuscì solo ad afferrare la mano di Miriam e a trascinarla via. La folla accerchiata si muoveva scomposta, atterrita, onde di braccia, gambe, teste, voci che spingevano e tiravano, ma loro correvano evitando di farsi travolgere da quelli che, scappando nella direzione contraria, gli venivano addosso. Riuscirono a infilarsi tra due camionette e si acquattarono per non essere visti. Ansimavano. Il Cometa era già diventato invisibile, sotterrato dalle uniformi dei soldati che lo stavano bastonando come uomini del Paleolitico un cervo ferito. Michele pensò di andare ad aiutarlo, ma adesso era Miriam che lo tirava. Al centro della piazza era in corso un massacro. Intorno, i manifestanti non vedevano l'ora di partecipare alla caccia. E in mezzo alla folla Michele avvistò Antartica. La riconobbe per via dei capelli arancioni, e pensò che forse lo avrebbe riconosciuto anche lei. Agitò la mano per attirare la sua attenzione quando un'altra donna, distante forse venti passi, con gli occhi stravolti, gridò:

– Prendeteli! Fermateli! Stanno per scappare. Vengono a infettarci!

La falange si mosse in avanti. I primi erano tre uomini delle Brigate Semmelweiss, li si riconosceva per via del colorito grigiastro. Miriam scattò in piedi. Michele provò a tenerla giù, con l'idea di sgattaiolare intorno alla camionetta e provare a scappare dall'altro lato, ma lei già li affrontava in campo aperto.

– Che cazzo volete? – E poi, rivolta a Michele: – Dobbiamo dividerci. Scappa!

Lui in cinque balzi fu addosso ai tre uomini, che arretrarono sorpresi. Si strappò via la mascherina.

– Avanti, stronzi. Venite a prendermi. Venite a infettarvi.

Parlava alitando e sputando, scuotendo la testa e agitando le braccia per spargere nell'aria saliva e sudore. I tre arretrarono ancora, quando da dietro si sentì una voce di donna.

– Ma che cos'è che fate, pirletti? Ve la prendete coi ragazzini adesso?

Era Antartica, che avanzava avvolta in un sari di tulle cremisi, con tutta la prepotenza e l'imperiosità del suo antico casato affinate in secoli di dominio sul mondo. I tre esitarono e per un attimo le pupille di Michele e quelle di Antartica si toccarono. Avrebbe voluto ringraziarla, ma non ce n'era il tempo. Doveva sfruttare il momento. Attraversò rapido la folla, che si schiuse per lasciarlo passare. Prima di mettersi a correre, si voltò e riuscì a vedere Miriam che scompariva in una via laterale.

24.

C'era un solo posto dove potevano trovarsi. Ci arrivarono insieme, come era successo la prima volta e quella dopo, come se nessuno dei due dovesse mai aspettare. Durante il tragitto Michele aveva provato più volte a chiamare il Cometa, ma non aveva risposto. Lui e Miriam avevano attraversato una città sottosopra. Gli scontri davanti alla sede di Happydemia erano stati il segnale per prendersi una pausa dalla quarantena e la gente era uscita in massa di casa. Non c'era più distanza, non c'era più prudenza. L'esplodere della violenza, il rumore degli elicotteri, l'odore del fumo che penetrava dentro le finestre mostravano che la storia era ancora in corso: bisognava muoversi in fretta. Dopo tre giorni di mancate consegne e raccolti, la fame cominciava a fare paura. Quando da direzioni opposte Miriam e Michele raggiunsero la casa dei pavoni erano fradici di sudore.

Quello era il luogo, quella era l'ora. Senza bisogno di scambiarsi parole, Miriam condusse Michele fino al portone di ferro della casa sull'angolo, attraversarono l'ingresso, salirono in casa. Sul tavolino della sala c'erano ancora il laccio e la confezione di siringhe dell'ultima volta. Pitamiz non le aveva spostate. Miriam uscì sul terrazzo seguita da Michele, una scala a chiocciola in ferro battuto li portò su un terrazzo più piccolo sul quale si affacciava la porta di una mansarda. Miriam cercò la chiave e la infilò nella serratura.

Era un luogo fatato. La prima camera era una cucina-dispensa con i mobili in acciaio temperato, non quelli dell'Ikea, un grande tavolo di legno, tre colossali frigoriferi e alle pareti pesanti scaffalature traboccanti di cibo. Dal soffitto pendevano salami e prosciutti di ogni dimensione. Michele cominciò a salivare. Dalla pancia la fame che teneva a bada da giorni gli saltò in gola, con la forza di un'esplosione. Voleva chiedere a Miriam se poteva mangiare qualcosa, ma lei lo anticipò:

– Ti nasconderai qui.

– Tra i prosciutti? Nella dispensa?

– No, scemo, in questa casa. È un appartamento, c'è una camera da letto di là. È di Pitamiz, ma non ci viene mai e c'è cibo per mesi.

Michele fece un altro tentativo, indicando la scatola dei biscotti, ma Miriam riprese a parlare:

– Non ti immagini quanta roba marcisca. La spesa arriva ogni settimana.

– E se quando vengono mi scoprono?

– La farò io la spesa. Pitamiz mi ha chiesto di lavorare per lui.

– Ma non posso lasciare da solo mio nonno, è malato. Devo tornare a casa.

– Per un po' tu resti qui. Hai abbassato la maschera e ti hanno visto in faccia. Sei stato filmato. Il primo posto dove ti cercheranno è proprio casa tua. Porto io da mangiare a tuo nonno, non preoccuparti. Allora, hai fame?

Tutt'intorno forme di pane, taglieri di formaggi e salumi, panetti di burro, barattoli di miele e yogurt, ciotole di pomodori vermigli, bottiglie di vino che a giudicare dall'etichetta – bianca con una stella in campo blu – doveva essere carissimo. Michele crollò a sedere, si tolse la mascherina e si avventò su un pezzo di pecorino.

– Tu non mangi? – le chiese a bocca piena.

– Prima devo fare una telefonata, non vorrei che Pitamiz tornasse proprio adesso.

Il formaggio era squisito, talmente saporito che le parole di Miriam e perfino la stanza intorno a lui sprofondavano in uno sfondo indistinto. Quando Miriam tornò, gli si sedette di fianco. Davanti a lui non si era ancora mai tolta la mascherina, ma gli occhi si vedeva che ridevano.

– Allora, hai finito? – gli chiese.

Michele trangugiò l'ultimo sorso di vino.

– Ma tu, la mascherina, non la togli mai?

Sulla faccia di Miriam la stoffa si tese.

– No, mi vergogno. Mi sentirei nuda.

Come muoveva le labbra quando parlava, si arrabbiava o rideva? si chiese Michele. E le sue labbra com'erano? All'ingiù, all'insù, sottili, buffe, carnose? I denti erano piccoli o grandi? Miriam era la ragazza delle medie? Non gli importava saperlo perché sarebbe stata comunque la prima volta. Aveva un solo timore: il suo naso storto si sarebbe incastrato con quello di lei?

L'INVENZIONE DEI BACI (E IL PROBLEMA DEI NASI)

Nonostante l'esistenza di un'apposita scienza, detta filematologia, l'origine e la funzione dei baci rimane ancora in larga parte avvolta nel mistero. Molti studi concordano, tuttavia, nel ritenere che il costume umano di strofinarsi le labbra l'un l'altro, ed eventualmente di intrecciare le lingue, giochi un ruolo nella produzione di anticorpi, e dunque nella diffusione e prevenzione di alcune malattie contagiose. Il bacio avrebbe, in altre parole, una rilevante funzione immunologica.

Il professor Colin Hendrie dell'Università di Leeds sostiene per esempio che i baci servirebbero a fare sviluppare alla donna gli anticorpi necessari a difendersi dal citomegalovirus trasmesso dall'uomo e a proteggere il bambino durante la gravidanza. Wendy Hill del Lafayette College di Easton, in Pennsylvania, ha dimostrato invece che baciarsi diminuisce il livello di cortisolo presente nella saliva dei baciatori, provocando un abbassamento dello stress, e aumenta al contempo quelli di ossitocina, ormone fondamentale, oltre che per la nostra propensione a innamorarci, anche per la stimolazione delle contrazioni del parto e delle cellule dei dotti lattiferi indispensabili per la secrezione del latte e l'allattamento.

Se sulle funzioni fisiologiche del bacio la scienza ha fatto grandi passi in avanti, sulla sua origine il disaccordo è più acuto, anche perché le modalità cambiano da cultura a cultura: i cinesi lo considerano fondamentalmente anti-igienico, mentre i russi si baciano sulla bocca anche tra estranei, maori e omaniti si strofinano il naso, il *kunik* degli inuit consiste nello strofinare naso e labbra sulle guance altrui, nell'isola di Tuvalu ci si toccano le gote inalando, nel Tibet ci si mostra vicendevolmente la lingua. Per quante variazioni possano esistere sulla Terra, però, il bacio più diffuso consiste certamente nel contatto tra le labbra e la lingua, come ha dimostrato già nel 1901 il filologo danese Kristoffer Nyrop nel suo fondamentale *Kysset Og Dets Historie* (*Storia del bacio*).

L'ipotesi più accreditata – sostenuta anche dall'etologo inglese sir Desmond Morris – è che la sua origine risalga alla preistoria e in particolare all'abitudine delle madri di masticare e sminuzzare il cibo prima di immetterlo nella bocca dei figli. Il bacio d'amore non sarebbe, quindi, il presupposto della procreazione, ma un suo effetto. Baciandosi gli amanti ricercherebbero, cioè, la sensazione di piacere provata dai bambini non svezzati agli albori della civiltà, quando venivano nutriti dalle proprie madri. Tra i filematologi sembra esserci, insomma, una generale concordia nell'ipotizzare un collegamento stretto, funzionale, fisiologico e affettivo, tra bacio, nascita e nutrimento della prole. Il bacio sarebbe collegato, cioè, alla preistoria umana non soltanto in senso storico, ma anche esistenziale. Attiverebbe sensazioni di piacere e barriere di protezione che si collegherebbero al momento in cui ancora non eravamo venuti al mondo. A ulteriore conferma di questa tesi si può citare uno studio che ha come oggetto proprio il problema dei nasi, quello che più direttamente riguarda Miriam e Michele.

Il 13 febbraio 2003 la prestigiosa rivista "Nature" pubblicò una ricerca intitolata *Adult persistence of head-turning asymmetry* (*Persistenza in età adulta dell'asimmetria del girare la testa*) del Prof. Dr. Dr. h.c. Onur Güntürkün, titolare della cattedra di Biopsicologia alla facoltà di Psicologia della Ruhr-Universität di Bochum in Germania. Benché la metodologia del professor Güntürkün assomigli a quella dei guardoni, i risultati a cui è pervenuto sono interessanti, anche per le loro implicazioni neurologiche. Lasciamogli, dunque, la parola:

"Ho osservato coppie che si baciavano in luoghi pubblici (aeroporti internazionali, grandi stazioni ferroviarie, spiagge e parchi) negli Stati Uniti, in Germania e in Turchia [Güntürkün è turco tedesco, *n.d.r.*]. La direzione in cui ogni coppia inclinava la testa è stata registrata per ogni singolo bacio, contando solo il primo non i baci multipli." Fatta questa breve premessa metodologica, ecco quello che Güntürkün ha scoperto: "Su 124 coppie bacianti, 80 (64,5%) hanno inclinato le loro teste a destra e 44 (35,5%) a sinistra. Questo rapporto intorno al 2:1 si distacca in maniera significativa dal 50% ($\chi^2 = 5{,}34$, d.f. = 1, $P < 0{,}05$). Poiché le coppie appartenevano a un range di età biologicamente adulta, il risultato indica che gli adulti mostrano una significativa polarizzazione nell'inclinare la testa verso il lato destro, proprio come gli embrioni e i neonati".

La direzione in cui incliniamo la testa baciandoci rispecchia, cioè, un comportamento appreso nelle ultime settimane di gestazione e nei primi sei mesi di vita. Il bacio sarebbe, cioè, la reiterazione di un gesto che congiunge il presente al nostro passato individuale e di specie. "Temo di non avere notizie per gli amanti," ha commentato il professor Güntürkün, intervistato dalla BBC. "Sono abbastanza sicuro che il romanticismo non dipenda dalla direzione dei baci. Ma baciarsi è una di quelle sottili abitudini che ci raccontano qualcosa di fondamentale sulla nostra alba."

25.

Il Consiglio europeo si radunò d'urgenza su Zoom. Erano collegati tutti i capi di Stato e di governo dei 27 Stati membri, soltanto il bulgaro ebbe problemi di connessione. L'ordine del giorno comprendeva un unico punto, brutale ma onesto: Piano d'emergenza istantaneo per salvare il salvabile. Del breve discorso introduttivo si incaricò il Presidente del Consiglio europeo, José Melas Van Goson Feliz, un nobiluomo spagnolo di ascendenze olandesi che annunciò, per farla breve, che il tempo di discutere era finito. L'Europa era sommersa dal cibo, ma rischiava di morire di fame. Era venuto il momento di muovere le chiappe e trovare un accordo. Si rimise a sedere e la discussione ebbe inizio.

– Kusipää!
– Seggfej! – Estúpido!
– Šupak! – Røvhul! – Sitapea! – Connard!
– Arschloch! – Dupku! – Lomp![18] – Pislik![19]
– K‡loı! – Prick! – Pakaļu! – Asile! – Klootzak!
– Idiota![20] – Idiot![21] – Idiotule![22]

[18] Il delegato belga si lasciò andare e parlò in vallone e in fiammingo.
[19] Quello cipriota in turco.
[20] Portoghese.
[21] Svedese.
[22] Romeno.

– Arschloch! – Għodda tal-għodda![23]
– Kretén! – Kreten! – Kretén![24]
– Dupek! – Задник![25]
– Stronzo!

Per non sentire il frastuono, la Cancelliera tedesca si era turata le orecchie con gli indici ritti come bratwürsten. Ma quando si accorse che anche il delegato italiano, solitamente così educato, era trasceso all'insulto, si levò in piedi come una furia, rossa in volto e, nello stupore generale, urlò a voce così alta che fu sentita anche dall'ultima famiglia di inuit (ᐃᓄᐃᑦ in lingua inuktitut) del Circolo polare artico:

– MACH WIE DU WILLST, ICH HABE DIE SCHNAUZE VOLL!

(Espressione che tradotta un po' grossolanamente, quantunque in modo sostanzialmente corretto, significa: "Ma fate un po' quel cazzo che vi pare. Io mi sono rotta i coglioni!".)

Lo sfogo non passò inosservato, né inascoltato. In pochi istanti i delegati si ricomposero. Quelli che capivano il tedesco si portarono la mano alla bocca per lo stupore e lo shock, mentre il Previdente del Consiglio italiano tentava di scusarsi – "Stavo solo cercando di tradurre le espressioni scurrili dei colleghi, Cancelliera" – senza essere creduto. La discussione riprese, questa volta in toni più civili, e in meno di mezz'ora l'Europa convenne che il Piano d'emergenza istantaneo per salvare il salvabile andava istantaneamente approvato.

L'Eureka sarebbe stata *melting*, *shrinking*, *burning*, *stamp*, *freigeld*, insomma "a tempo", e collegata a un paniere vastissimo di beni poiché – come opportunamente ricordato dal delegato francese: – Oggi i bisogni primari sono secondari e viceversa –. Sarebbe inoltre stata distribuita in comode rate mensili a un terzo dei cittadini europei (altrimenti sarebbe stato comunismo) basandosi su uno studio sui Big Data che aveva calcolato un tetto massimo di valuta

[23] Per chi se lo stesse chiedendo, trattasi di maltese.
[24] Rispettivamente ceco, slovacco e sloveno.
[25] Il bulgaro aveva risolto i suoi problemi di connessione.

da iniettare nel mercato per non fare saltare il sistema. L'idea prevalente, ma non unanime, fu di destinarla ai senza lavoro o nullafacenti (duecento milioni, circa), inventandosi qualche benefit minore per i pochi che un lavoro erano ancora costretti a farlo.

E fu così che l'Europa finalmente mostrò di essere all'altezza delle sfide dei tempi. La macchina era stata finalmente messa in moto, nonostante il timore che fosse ormai così gigantesca e complessa da non potere più essere guidata. Dentro le finestrelle di Zoom festeggiavano tutti: salutando, ridendo, mimando grandi pacche sulle spalle. Il francese stappò lo champagne. Il bulgaro aveva ricominciato ad avere problemi di connessione.

26.

Il telefono lo scrutava dal centro del tavolo. Era stata Miriam a ordinargli di spegnerlo appena si erano incontrati alla casa dei fenicotteri e Michele aveva eseguito senza rendersi conto che essere irraggiungibile significava non poter più raggiungere nessuno. Per la prima volta da quando ne aveva memoria era completamente isolato dagli altri. Non poteva più sapere se il Cometa era vivo e chiedergli scusa per non averlo aiutato; non poteva più chiamare suo nonno per cercare di farlo stare tranquillo; non poteva più neppure dire a Miriam di tornare subito indietro per non farsi arrestare al posto suo.

Miriam disincastrò la valigia dal pianale dello scooter e la depositò sul marciapiede. Pesava un quintale perché Michele aveva insistito per infilarci di tutto, perfino una confezione di succhi di frutta. Pensò di controllare il telefono, ma lo aveva lasciato spento nella mansarda di Pitamiz. Trascinandola per la maniglia, si incamminò per la strada deserta. A tre ore dai disordini la gente era rientrata in massa. Si vedevano soltanto le ambulanze, precedute dall'urlo delle sirene, e le macchine della polizia che procedevano lente in perlustrazione. Una era ferma sul passo carrabile davanti al portone. Miriam la vide appena svoltato l'angolo, valutò se cambiare direzione, ma era troppo tardi: l'unica era proseguire e passare oltre facendo finta di niente. Probabilmente a quell'ora la polizia era già salita da Attilio e lo stava interrogando in attesa che si presentasse qualcuno.

Il Cometa sollevò il telefono, inquadrò il proprio volto tumefatto e scattò. Dopo gli scontri era stato caricato a forza dai militari su una camionetta e condotto in caserma dove lo avevano preso a schiaffi e a sputi per dimostrargli che loro del virus potevano fottersene. Per mezz'ora era riuscito a resistere, ma quando gli avevano urlato addosso che gli avrebbero fatto fare la stessa fine del Moviola, si era fatto la pipì addosso e aveva ceduto. In cambio dell'indirizzo di Michele, lo avevano rimandato a casa con un calcio nel culo. Ritagliò nella foto il dettaglio dell'occhio gonfio e lo postò nelle stories di Instagram, dopo aver scritto: "Sono caduto in casa. Occhio, fratello".

Michele non riusciva a stare fermo. Quelle tre stanze gli sembravano gabbie. Girava intorno al telefono come un elettrone e, per resistere alla tentazione di accenderlo, continuava a mangiare. Si spostò in camera e si buttò sul letto senza arrivare a calmarsi. Sul comodino c'era un portatile. Lo prese. Lo accese. Si accese. Richiedeva una password: provò "Happydemia" senza speranze e invece, incredibilmente, un secondo dopo era dentro. Digitò Instagram nella barra del browser. Registrò in fretta un nuovo utente e cercò il Cometa. Nell'ultimo post loro tre era ancora insieme nella piazza dove si erano fermati dopo essere scappati ai cinghiali. Lui aveva la lingua di fuori e la mascherina sulla fronte mentre il Cometa si era voltato verso il Moviola che rideva a bocca spalancata, fissando l'obiettivo con l'occhio sbirolo. Michele provò una fitta nel cuore. Era la foto più recente. Pensò di guardare nelle stories e subito gli apparve un occhio largo, esterrefatto, nero di botte e rosso di sangue. Il Cometa spiegava che era caduto in casa per avvisarlo di non tornarci. Miriam invece era là.

Quando Miriam fu a venti metri dal portone, vide due poliziotti che uscivano ridendo, rimontavano in macchina e partivano sgommando. Trascinò il trolley fino al primo piano e suonò il campanello.

– Chi è?

– Sono Miriam. Le ho portato da mangiare.

– Devi andare via subito, Miriam. È appena stata qui la polizia.

– Lo so, li ho visti, mi lasci entrare. Mi ha mandato Michele.

– Sta bene?

– Glielo dico se mi apre. Faccio in fretta.

Il chiavistello scattò. Si aprì uno spiraglio. Attilio indossava una camicia a maniche corte e non si era fatto la barba che spuntava da sotto la mascherina. Aveva lo sguardo invecchiato.

– Togliti le scarpe. Svelta.

In un attimo Miriam e la valigia furono all'interno, la porta richiusa.

– Sta bene Michele?

– Sta bene. Sì. Mi ha detto lui di venire.

– E se torna la polizia?

– Non torna, almeno per un po'. Si figuri se si rifanno la strada.

Miriam si chinò e aprì la valigia mentre Attilio si lasciò cadere sulla sedia. Le tapparelle erano abbassate, la luce del pomeriggio entrava dai buchi dipingendo strisce nella penombra.

– Dovrei offrirti un caffè o un bicchier d'acqua, ma preferirei che non ti togliessi la maschera.

– Non la tolgo mai, non si preoccupi. Mi vergogno... Vuole mangiare qualcosa?

– Prima spiegami che cos'è successo a Michele.

– Hanno mandato l'esercito, ma siamo riusciti a scappare. Adesso lui è al sicuro.

Attilio espirò e l'alito gli appannò gli occhiali. Miriam afferrò un bicchiere dal lavandino, lo riempì di succo di frutta e glielo posò sul tavolo.

– Dobbiamo solo aspettare qualche giorno che la situazione si calmi.

– Vorrei che tornasse a casa, – sussurrò Attilio. – Mi manca.

Miriam sussurrò a sua volta: – Per un po' sta con me.

Attilio posò il bicchiere senza avere bevuto e lasciò passare qualche secondo.

– Puoi stare qui anche tu, se vuoi. Posso abituarmi.

Miriam distolse lo sguardo, la luce del sole entrando dalla finestra illuminava il pulviscolo che galleggiava nell'aria. Attilio si toccò la barba sulla guancia, vicino all'orecchio.

– Ieri ho visto una foto di quando era piccolo.

Estrasse dal portafoglio una piccola fotografia e la porse a Miriam che si era seduta. Un bambino sui tre anni in piedi su un brutto terrazzo sorrideva come se il terrazzo fosse bellissimo. Aveva già i capelli sparati in tutte le direzioni, ad asterisco.

– È Michele?

– Carino, vero?

– Moltissimo.

– Vale per tutti i bambini, credo, c'è un momento in cui sembrano perfetti, fuori dal tempo... Da piccoli non si sa niente. Si vive e basta. Per questo diciamo che è l'età più bella. Invece ora le cose belle non fanno altro che andarsene.

– Qualche volta succedono, anche...

– Poche, quando sei vecchio.

Miriam non sapeva come rispondere perché in testa aveva solo pensieri attorcigliati, si limitò a reggere il suo sguardo. Attilio reinfilò la foto nel portafoglio. Avrebbe voluto chiederle scusa per essere stato sgarbato la prima volta, ma sentiva che c'era qualcosa che le parole non sarebbero riuscite a dire. Qualcosa che più parlavi e più nascondevi. Dopo una vita passata a insegnare filosofia a scuola, si rendeva conto di avere soffiato solo bolle di sapone. Ai ragazzi ripeteva sempre di non avere paura, invece litigando con Michele aveva capito che la paura era stata la sua regola di vita, la forza che lo aveva guidato in segreto proprio perché la cultura lo aveva illuso di essersene liberato. La paura era stata la legge che aveva trasmesso a sua figlia e a suo nipote, una legge che per fortuna Michele stava rifiutando.

– Con Michele l'ultima volta abbiamo litigato.

– Lo so.

– Mi sono spaventato quando ho saputo che eri stata qui. Volevo soltanto dirgli di essere responsabile.

– E lui che cosa le ha risposto?

– Voglio vivere anche io.

Miriam si sfiorò i capelli cercando le parole.

– Non si può diventare responsabili se non si vive.

– Vivere non vuol dire rischiare.

– Non vuol dire neanche rinchiudersi in casa per paura di tutto.

– Sì, però il pericolo lo corrono gli altri, mica voi.

– Le pare che il lavoro di Michele non sia pericoloso?

– È proprio questo il punto! È molto pericoloso. Per questo volevo che si iscrivesse all'università... Nessuno conosce il futuro. L'unica cosa che possiamo fare è aumentare la probabilità delle cose belle e diminuire quella delle cose brutte.

– A forza di diminuire non rimane più niente.

– Come niente? Voi avete già tutto! Che cosa volete di più?

– Qualcosa che abbiamo desiderato. Quello che abbiamo è quello che ci avete comprato e che ci avete venduto.

– Io non ho mai venduto niente a nessuno. Facevo il professore, figurati. Ma non puoi pretendere che non mi venga paura se uscite di casa, state insieme, vi toccate…

– Se viviamo, insomma.

Abbassarono entrambi gli occhi sul tavolo e li alzarono insieme. Fu Miriam a parlare per prima.

– Ha idea di come ci si senta a essere considerati solo un pericolo?

– E tu hai idea di come ci si senta a essere sempre in pericolo?

Attilio si tolse gli occhiali e si schiacciò tra le dita la base del naso. Quando rispose la voce gli uscì rauca.

– Non posso chiedervi scusa perché sono vecchio.

– Non deve chiedere scusa. Deve fidarsi. Non essere sempre all'erta...

– Essere vecchi vuol dire essere all'erta perché non ci si può difendere.

Dopo che Miriam se ne fu andata, Attilio sentì il bisogno di uscire a prendere aria. Non gli capitava da anni di avere voglia di camminare. Si avviò lungo il viale che costeggiava l'aeroporto. C'era vento e il sole stava tramontando. L'aria dell'autunno in arrivo circondava il suo corpo e i suoi passi. Il vecchio camminava costeggiando la corsia dei taxi, dando le spalle alle poche auto ancora autorizzate a circolare. Passò sotto il ponte azzurro tenendo a sinistra la strada e a destra, oltre una sottile striscia di prato, la recinzione. Per un istante si fermò a osservare una torretta rossa e bianca che non aveva mai notato. Serviva a lanciare agli aerei fasci di luce nel buio, anche se quasi tutti i voli erano stati sospesi. Attilio si avventurò sull'erba per guardare più vicino. Nella rete si apriva un varco. Lo attraversò. La pista era vuota, e non finiva mai.

27.

Negli ospedali non arrivava più niente e quando qualcosa arrivava, arrivava in ritardo. C'era penuria di medicinali, camici, mascherine, guanti, siringhe, bombole di ossigeno, sacche di plasma e sangue, cateteri, lenzuola, disinfettanti, detersivi per i pavimenti, alimenti per la mensa. I posti letto continuavano a diminuire e i morti ad aumentare: nonostante il lockdown il picco doveva ancora venire. I virologi imputavano il fallimento all'insufficiente disciplina della popolazione, a una recrudescenza del virus, al clima caldo, ai ritardi del vaccino, agli inafferrabili e bastardissimi super diffusori. La gente, però, si era convinta che la colpa fosse soprattutto dei consegnator e del loro sciopero maledetto, di cui nonostante l'intervento dell'esercito non si intravedeva la fine.

La repressione di Happydemia aveva generato altri focolai di protesta, non soltanto nelle aree del pianeta in cui erano stati proclamati lockdown, ma anche in quei posti dove la vita andava avanti più o meno come prima. Allo sciopero dei rider delle medicine si aggiunsero, dentro e fuori dai confini nazionali, le proteste di chi trasportava libri, computer, acqua minerale, casse di frutta e verdura, elettrodomestici; e quelle dei raccoglitori agricoli, dei macellatori, dei pescatori, dei pulitori, degli infermieri. Uno dopo l'altro, in ordine sparso, migliaia di esseri umani decisero che sedersi era l'unico atto possibile; che bisognava fermarsi e aspettare che la vita ripartisse in modo più giusto; che a chi faticava – raccoglieva, trasportava, puliva, curava – fosse riconosciuto di esistere, di essere uomo, donna o bambino.

La Terra in quei giorni vacillò sotto il peso di un miliardo di culi che – sollevando le gambe, i piedi, le ruote dal suolo – decisero di ribellarsi alla forza di gravità e all'inerzia su cui si reggeva l'immenso sistema del mondo. Accadde a Rieti tra gli amici di Bruno Di Bruno, il consegnator di vent'anni ammazzato per primo, accadde a Piacenza e a New York, a Parigi, a Stoccolma. Accadde nei campi di fagioli del Messico e in quelli di cocaina della Colombia, in Cina, in Cile, in Cilento, tra i raccoglitori di pomodori di Mondragone e nelle bidonville del Brasile. Per decenni la sovrabbondanza di merci aveva omologato le differenze sociali fino a nasconderle: adesso riapparivano. Anche la riforma del sonno, che veniva gradualmente attuata, stava innescando un commercio clandestino tra i ricchi che compravano il privilegio di continuare a dormire di notte e i poveri che glielo vendevano. Lo sciopero della fame si accendeva ovunque per combustione spontanea resistendo alla precettazione forzata e alle proteste di chi delle cose aveva bisogno per nutrirsi, per coprirsi, per lavorare o solo per sorridere.

In quei giorni, per la prima volta da secoli, le merci rimasero immobili: piantate nella terra in cui erano nate, imprigionate nelle stalle e nelle gabbie in cui erano state nutrite e gonfiate di estrogeni perché crescessero più in fretta, stivate negli hangar, nei silos, nei container, nei tir o abbandonate a marcire nei depositi e a impolverarsi nelle fabbriche. Ma a protestare non fu tanto chi produceva le cose, i fabbricatori, gli operai, perché l'automazione li aveva divisi o trasformati in programmatori e sorveglianti, in lavoratori, cioè, che, comandando e ubbidendo alle macchine, non vedevano più nessuno contro cui ribellarsi. Erano ancora tanti, ma non li vedeva nessuno perché erano passati di moda. L'epidemia aveva accelerato un processo in corso da decenni. L'esplosione dei contagi dentro le fabbriche e gli aiuti di Stato spronavano i padroni a investire ancora di più nei processi e sempre meno negli uomini.

Le macchine non si ammalavano, non protestavano e non si sottraevano alle statistiche.

Le macchine producevano le merci, i computer stavano producendo i compratori.

Il mondo era sommerso di cose, ma non c'era più nessuno a raccoglierle e distribuirle.

28.

L’ex Primo ministro dell’Interno uscì dal bagno in accappatoio e andò sul balcone a fumare l’ultima sigaretta della giornata. La stanza dell’albergo era deprimente, ma almeno affacciava sul mare dove brillavano le luci delle barche bloccate al largo dalla Guardia costiera siciliana. Sembrava una sconfinata città silenziosa. Una città di morti. L’ex ministro diede l’ultimo tiro alla sigaretta e la lanciò in aria facendo scattare pollice e indice. La brace disegnò sulla notte una traiettoria rossa che si sovrappose all’immobilità delle navi in quarantena.

L’ex Primo ministro sbadigliò e rientrò nella stanza, chiudendosi la finestra alle spalle e complimentandosi con se stesso. Era stato proprio astuto. Dopo il discorso in Parlamento, la sua popolarità era alquanto cresciuta. Il suo appoggio alla riforma era stato apprezzato dai liberali, ma gli aveva garantito di nuovo il monopolio sui temi della migrazione. L’alleanza con Savio De Sio e i suoi accoliti gli garantiva l’appoggio di una rete di affiliati in ogni zona del Paese. Presto, ne era sicuro, sarebbe tornato il tempo per incassare un dividendo elettorale, anche perché quelli al potere portavano avanti la sua politica vergognandosene, senza l’onestà di rivendicarla. Bisognava soltanto aspettare che il maledetto virus svanisse e ricomparissero i nemici. Si infilò nel letto e spense la luce.

Si sentiva stanchissimo, ma qualcosa nella giornata appena trascorsa lo agitava nel profondo. O forse era solo che aveva mangiato come un porco. Finiva sempre a schiantarsi di struffoli, cannoli e di sarde a beccafico, e poi passava la notte a digerire e sudare. Prima di condurlo al banchetto, il sindaco e altri confratelli complottisti gli avevano organizzato un presidio nella riserva di Vendicari insieme agli eredi del barone Antonino Modica Munafò, detto Fefè, per protestare contro l'occupazione dell'isola da parte di un'accozzaglia di somali abusivi. Ma faceva così caldo che avevano resistito solo venti minuti. Più tardi, a pranzo, il sindaco gli aveva raccontato che una mattina un pescatore aveva segnalato un relitto affondato davanti alla spiaggia di Calamosche. Quando i sommozzatori erano andati a vedere, avevano trovato diciotto morti in avanzato stato di decomposizione.

– C'erano anche donne e bambini, ma credimi, avevano tutti le Nike Air. Roba che in Africa mica si trova.

L'ex Primo ministro aveva annuito con convinzione, ma qualcosa doveva essergli rimasto sullo stomaco. Adesso sudava così tanto da impregnare le lenzuola. Valutò se calarsi un altro Sciallox, ma ne aveva già presi tre. Non avrebbe migliorato le cose. Provò a controllare il respiro, accorgendosi che non era digestione: era paura, paura di un dubbio di cui quasi sentiva l'odore. Forse stava sbagliando tutto, forse la soluzione era aprire le gabbie e permettere a chiunque di arrivare in Italia a raccogliere pomodori, trasportare frigoriferi sulla schiena come formiche o a pulire il culo ai vecchi nelle case di cura. Grazie al reddito universale, gli italiani avrebbero fatto la bella vita, magari si sarebbero trasferiti in massa all'estero, nei paesi da cui i migranti arrivavano, dove il mare era azzurro, si mangiava non male e la vita costava pochissimo. Sarebbe stato bello viaggiare. Si rannicchiò su un fianco e in quella posizione si ricordò di quando sua mamma da bambino gli raccontava le fiabe per addormentarlo. Gli sarebbe piaciuto ascoltarle di nuovo. Il suo corpo finalmente si rilassava. E dietro le palpebre chiuse cominciarono a sfilare i personaggi delle fiabe che camminano camminano, salgono su carri, cavalcano cavalli o draghi, scavalcano montagne, attraversano mari e fiumi, senza mai incontrare confini, guardie di frontiera, muri di filo spinato. Si stava calmando e lentamente la calma lo trascinava nel sonno.

Era stato grazie a quella folla fantastica che gli esseri umani avevano raccontato ad altri esseri umani che chiunque poteva trovare una strada nel mondo: il gatto con gli stivali, Hänsel e Gretel, Pollicino, i musicanti di Brema, Giacomino e il fagiolo, la piccola Gerda della *Regina delle nevi* di Andersen, gli innumerevoli figli di mugnai che alla morte del padre lasciavano la casa dove erano venuti al mondo per andare lontano, Simbad il marinaio; e dalle fiabe quella folla sconfinava nei libri che – l'ex Primo ministro se ne rendeva conto soltanto ora – accompagnavano ancora la sua vita nonostante avesse fatto di tutto per dimenticarli: Pinocchio, Alice, Candide, Marco Polo, Billy Budd marinaio, Jim Hawkins, Encolpio e Gìtone, Enea, Gulliver, Ulisse. E mentre nella sua mente i pensieri cominciavano a confondersi e a impastarsi, l'altra folla, quella dei cadaveri in fondo al mare di Calamosche e di tutti gli altri annegati, bruciati, asfissiati circondò la sua stanza premendo contro le finestre. Per prima arrivò Taja Iwoji, la neonata, poi si presentò Ajma, sua madre, seguita da Rachele, Abou, Ali, Patrick, Vera, Adjatay, Joseph, Bafoudi, Alagie, Djire, Eric, Lhassa... La marcia scorreva infinita e imperturbabile, insinuandosi dentro le pieghe del sogno.

Hamdallah Abdulfatah, ventotto anni, si presume annegato al largo di Sangatte, Francia – Uomo, annegato al largo di Carloforte, Sardegna – Donna, annegata al largo della costa del distretto Bodrum di Muğla, Turchia – Bambina, annegata al largo della costa del distretto Bodrum di Muğla, Turchia – Laurent-Barthélémy Ani Guibahi, quattordici anni, trovato morto sul carrello di atterraggio di un Boeing 777 atterrato a Parigi dalla Costa d'Avorio – Mohamed Youssef, annegato al largo di Nador, Marocco – Debesay Rusom, morto su un barcone alla deriva nel Mediterraneo, tra Italia e Malta – Filmon Desale, morto su un barcone alla deriva nel Mediterraneo, tra Italia e Malta – Filmon Habtu, morto su un barcone alla deriva nel Mediterraneo, tra Italia e Malta – Filmon Mengstab, annegato dopo aver abbandonato un barcone alla deriva nel Mediterraneo, tra Italia e Malta – Hdru Yemane, morto su un barcone alla deriva nel Mediterraneo, tra Italia e Malta – Huruy Yohannes, morto su un barcone alla deriva nel Mediterraneo, tra Italia e Malta – Kidus Yohannes, morto su un barcone alla deriva nel Mediterraneo, tra Italia e Malta – Mogos Tesfamichael, annegato dopo aver abbandonato un barcone alla deriva nel Mediterraneo, tra Italia e Malta – Nohom Mehari, morto su un barcone alla deriva nel Mediterraneo, tra Italia e Malta – Omer Seid, morto su un barcone alla deriva nel Mediterraneo, tra Italia e Malta – Teklay Kinfe, morto su un barcone alla deriva nel Mediterraneo, tra Italia e Malta – Donna, morta di parto nel villaggio di Gemici, Turchia – Neonata, nata morta nel villaggio di Gemici, Turchia – Bambina, sei anni, morta nell'incendio di un container nel campo profughi di Moria, Lesbo, Grecia – Donna, annegata nei pressi delle isole Habibas, Algeria – Bambina, annegata nei pressi delle isole Habibas, Algeria – S.J., ventiquattro anni, si presume morta per asfissia nella stiva di un traghetto da Patrasso ad Ancona – Ragazzo eritreo, vent'anni, investito da un'auto durante la fuga dal centro d'accoglienza di Villa Sikania, Sicilia – Amadou Traore, trentun anni, morto per lesioni a causa di una lite nel campo migranti di Taurianova, Italia – Nadera Almonla, scomparsa in seguito allo sparo di un colpo di arma da fuoco, presso il fiume Evros, al confine tra Turchia e Grecia – Uomo, annegato al largo di Zliten, Libia – Uomo, annegato al largo di Zliten, Libia – Donna, annegata al largo delle isole Kerkennah, Tunisia – Uomo, caduto nel tentativo di scavalcare la recinzione di Melilla per attraversare il confine tra Spagna e Marocco – Bambino, annegato al largo delle isole Kerkennah, Tunisia – Bambina, nove mesi, morta per febbre e disidratazione al sovraffolato campo profughi di Moria a Lesbo, Grecia – Ragazzo, circa vent'anni, congelato nella foresta di Evros, Grecia, al confine con la Turchia – Donna, annegata al largo delle isole Kerkennah, Tunisia – Uomo, si presume annegato al largo di Almería, Spagna – Uomo, disperso, si presume annegato al largo di Zliten, Libia – Uomo, soffocato durante il viaggio, Salonicco, Grecia – Uomo, soffocato durante il viaggio, Salonicco, Grecia – Uomo, disperso, si presume annegato a nord di Zawiya, Libia – Baqer

Muslem Abdulaneer Al-Haddad, quindici anni, investito da un treno nel tentativo di raggiungere la Gran Bretagna da Metz, Francia – Muhammad Gulzar, quarantatré anni, ucciso da un colpo di arma da fuoco sparato dalla guardia di frontiera greca, valico di Kastanie/Pazarkule – Uomo, si presume annegato, al largo dell'isola Isabella II, Spagna – Donna afghana, quarantadue anni, annegata al largo di Bodrum, Turchia – Ragazzo afghano, diciassette anni, annegato al largo di Bodrum, Turchia – Uomo, si presume annegato al largo di Melilla, Spagna – Uomo, disperso, si presume morto nell'incendio della barca al largo di Crotone, Italia – Donna, morta nell'incendio della barca al largo di Crotone, Italia – Uomo, morto nell'incendio della barca al largo di Crotone, Italia – Uomo, morto nell'incendio della barca al largo di Crotone, Italia – M. Rahal, annegato al largo di Boumerdès, Algeria – Donna, annegata al largo di Creta, Grecia – Bambina, annegata al largo di Creta, Grecia – Bambino, annegato al largo di Creta, Grecia – Muhammad al-Arab, ventidue anni, ucciso da un colpo di arma da fuoco sparato dalla guardia di frontiera greca, valico di Ipsala, frontiera tra Grecia e Turchia – Uomo, si presume annegato per il ribaltamento del gommone al largo di Garabulli, Libia – Uomo, disperso, si presume annegato al largo di Zliten, Libia – Donna, quarantasette anni, morta per cause ancora sconosciute al campo rifugiati di Chio, Grecia – Donna, si presume annegata al largo di Isla del Rey, Spagna – Bambino, dieci anni circa, si presume annegato al largo di Almería, Spagna – Mustafa Ramadan, trentatré anni, congelato nel tentativo di attraversare in inverno le montagne Sar in Macedonia – Ragazzo, quattordici anni circa, si presume annegato al largo di Almería, Spagna – Mohamed Idris, ventisette anni, scomparso con il gommone su cui viaggiava durante il viaggio dalla Libia all'Italia – Bambino, morto per ragioni ancora sconosciute nelle acque del porto di Melilla, Spagna – Donna, si presume annegata al largo di Almería, Spagna – M.-I.D., ventenne, si presume annegato al largo di Collo, Algeria – Uomo, si presume annegato al largo di Almería, Spagna – Uomo, morto in incidente d'auto sulla statale Ormeniou-Ardaniou, Grecia – Donna, trent'anni circa, annegata al largo di 'Ayn Temūshent, Algeria – Uomo, soffocato durante il viaggio, Salonicco, Grecia – Bambino, annegato a causa del capovolgimento della barca al largo di Lesbo, Grecia – Fayçal, annegato al largo di Mostaganem, Algeria – Adal Debretsion, sedici anni, morto per malattia non curata nel centro detentivo di Sabaa, Libia – Uomo, morto per disidratazione e ipotermia al largo del Libano – Tunisino, ventotto anni, si presume annegato dopo essersi tuffato dalla nave quarantena Moby Zazà al largo di Porto Empedocle, Italia – Uomo, si presume annegato al largo di Almería, Spagna – Uomo, si presume annegato al largo di Almería,

Spagna – Donna, annegata al largo delle isole Kerkennah, Tunisia – "Ganador", disperso, si presume annegato, tra Cap Djinet e le isole Baleari, Spagna – Addul Malik, disperso, si presume annegato, tra Cap Djinet e le isole Baleari, Spagna – Bel Kaid, disperso, si presume annegato, tra Cap Djinet e le isole Baleari, Spagna – Jacob, disperso, si presume annegato, tra Cap Djinet e le isole Baleari, Spagna – Malek Mouzaid, disperso, si presume annegato, tra Cap Djinet e le isole Baleari, Spagna – Omar, disperso, si presume annegato, tra Cap Djinet e le isole Baleari, Spagna – Sufyan, disperso, si presume annegato, tra Cap Djinet e le isole Baleari, Spagna – Uomo, disperso, si presume annegato al largo di Zliten, Libia – Uomo, si presume annegato per il ribaltamento del gommone al largo di Garabulli, Libia – Uomo, disperso, si presume annegato, a nord di Zawiya, Libia – Bambino, circa tre anni, annegato al largo delle isole Kerkennah, Tunisia – Uomo, si presume annegato al largo dell'isola di Farwa, Libia – Uomo, si presume annegato a ovest di Sabratha, Libia – Uomo, si presume annegato a ovest di Sabratha, Libia – Sid Ahmed Bendisari, ventinove anni, caduto in una gola del Monte Carso cercando di attraversare il confine tra Slovenia e Italia – Azzi Abdessalam, si presume annegato nel ribaltamento del barchino tra Cap Falcon, Algeria, e la Spagna – Saada Abdelwahed, si presume annegato nel ribaltamento del barchino tra Cap Falcon, Algeria, e la Spagna – Labiad Mohammed, si presume annegato nel ribaltamento del barchino tra Cap Falcon, Algeria, e la Spagna – Atif, trentadue anni, annegato nel fiume Isonzo nel tentativo di attraversare il confine tra Slovenia e Italia – Uomo, disperso, si presume annegato, a nord di Zawiya, Libia – Donna, annegata a causa del capovolgimento del barcone provocato dalla Guardia costiera greca al largo di Ayvalik, Turchia – Uomo, annegato a causa del capovolgimento del barcone provocato dalla Guardia costiera greca al largo di Ayvalik, Turchia – Uomo, si presume annegato al largo di Almería, Spagna – Bambino, annegato a causa del capovolgimento del barcone a opera della Guardia costiera greca al largo di Ayvalik, Turchia – Kenzi, tre anni, annegato al largo di Annaba, Algeria – Bambino, disperso, si presume annegato nell'affondamento della barca, al largo di Lampedusa – Mitra Mehrad, trentun anni, annegata nel Canale della Manica, cercando di raggiungere la Gran Bretagna dalla Francia – Bambina, nove anni circa, annegata al largo di 'Ayn Temūshent, Algeria – Uomo, disperso, si presume annegato, al largo di Zliten, Libia – Donna, annegata al largo delle isole Kerkennah, Tunisia – Uomo, disperso, si presume annegato, al largo di Zliten, Libia – Uomo, morto in un incidente d'auto nei pressi di Alessandropoli, Grecia – Ragazzo, tra i quindici e i diciotto anni, ucciso con un colpo di pistola dalle autorità libiche al porto di Homs, Libia – Mahir Isik, quattro mesi, annegato al largo di Oinousses, Grecia – Meltem Zenbil, quarant'anni, annegata al largo di Oinousses, Grecia – Mustafa Kara, sei anni, annegato al largo di Oinousses, Grecia – Mustafa Said Zenbil, dodici anni, annegato al largo di Oinousses, Grecia – Kevser Sezer, cinquantotto anni, annegata al largo di Oinousses, Grecia – Ibrahim Isik, tre anni, annegato al largo di Oinousses, Grecia – Gulsum Kara, otto anni, annegata a causa del capovolgimento della barca al largo di Oinousses, Grecia – Bambino, disperso, si presume annegato nell'affondamento della barca, al largo di Lampedusa – Uomo, si presume annegato per il ribaltamento del gommone al largo di Garabulli, Libia – Uomo, disperso, si presume annegato, al largo di Zliten, Libia – Ermiyas Urgessa, ventotto anni, morto sull'autostrada vicino a Tournai, Belgio, nel tentativo di arrivare in Gran Bretagna – Zakaria Ouilem, ventotto anni, annegato al largo di Oran, Algeria – Il fratello di Zakaria Ouilem, disperso, si presume annegato, al largo di Oran, Algeria – Wahid Nadjet, quindici anni, disperso, si presume annegato, al largo di Oran, Algeria – Smail Nadjet, dispersa, si presume annegata al largo di Oran, Algeria – Uomo, disperso, si presume annegato, a nord di Zawiya, Libia – Donna, annegata al largo delle isole Kerkennah, Tunisia – Donna, tra i venti e i quarant'anni, si presume annegata al largo di Mahón, Minorca, Spagna – Uomo, si presume annegato al largo di Almería, Spagna – Uomo, circa trent'anni, soffocato nel container di una nave in viaggio dall'Algeria a Valencia, Spagna – Helal Ali Mohammed Al-Hajj, ventiquattro anni, atleta olimpico di kung-fu, annegato tra il Marocco e Melilla, Spagna – Bambino, disperso, si presume annegato, nell'affondamento della barca, al largo di Lampedusa – Ragazzo, sedici anni, accoltellato nel campo profughi di Moria, Lesbo, Grecia – Uomo, si presume annegato al largo di Almería, Spagna – Ragazzo, annegato al porto di Valencia, Spagna – Ragazzo, annegato al porto di Valencia, Spagna – Ragazzo, vent'anni, morto in ospedale dopo essere stato accoltellato durante una lite nel campo profughi di Moria, Lesbo, Grecia – Mahdi Sallak, diciassette anni, investito da un camion nel viaggio da Beni Ensar a Melilla, dal Marocco alla Spagna – Omar, trentadue anni, morto per assenza di assistenza medica al campo profughi di Saint-Herblain, Francia – Uomo, circa trent'anni, soffocato nel container di una nave in viaggio dall'Algeria a Valencia, Spagna – Uomo, disperso, si presume annegato, a nord di Zawiya, Libia – Uomo, disperso, si presume annegato, a nord di Zawiya, Libia – Donna afghana, ventisette anni, morta nell'incendio del suo container nel campo rifugiati di Karatepe, Lesbo, Grecia – Uomo, incidente d'auto nei pressi di Alessandropoli, Grecia – A. Sid Ali, annegato al largo di Boumerdès, Algeria – S. Daim, annegato al largo di Boumerdès, Algeria – Uomo, disperso, si presume annegato, a nord di Zawiya, Libia – Uomo, annegato al largo, tra le città di Zarzis e Ben Guerdane, Tunisia – Oscar Okwurime, trentaquattro anni, morto per mancanza di cure mediche al centro profughi di Harmondsworth, Gran Bretagna – Uomo, incidente d'auto nei pressi di Alessandropoli, Grecia – Uomo, disperso, si presume annegato, a nord di Zawiya, Libia – Uomo, disperso, si presume annegato, al largo di Zliten, Libia – Uomo, disperso, si presume annegato, al largo di Almería, tra Spagna e Algeria – Ansou Keïta, morto per il pestaggio subito dalle forze militari nella foresta di Bolingo, Marocco – Uomo, incidente d'auto nei pressi di Kavala, Grecia – Uomo, disperso, si presume annegato a nord di Zawiya, Libia – Uomo, disperso, si presume annegato al largo, tra le città di Zarzis e Ben Guerdane, Tunisia – Abdelouahab Allali, ventiquattro anni, disperso nel mare di Alboran, tra il Marocco e la Spagna – Morad Zahmari, ventisette anni, disperso nel mare di Alboran, tra il Marocco e la Spagna – Noureddine Allali, trentun anni, disperso nel mare di Alboran, tra il Marocco e la Spagna – Salih Zahaf, trent'anni, disperso nel mare di Alboran, tra il Marocco e la Spagna – Uomo, si presume annegato nei pressi di Zliten, Libia – Uomo, si presume annegato nei pressi di Zliten, Libia – Uomo, incidente d'auto nei pressi di Alessandropoli, Grecia – Donna, annegata al largo delle isole Kerkennah, Tunisia – Uomo, disperso, si presume annegato al largo di Almería, tra Spagna e Algeria – Bambina, circa tre anni, annegata al largo delle isole Kerkennah, Tunisia – Mohamed M., diciassette anni, morto di arresto cardiaco, rinvenuto al Porto di Ceuta, Spagna – Uomo, disperso, si presume annegato a nord di Zawiya, Libia – Uomo, annegato al largo di Almería, tra Spagna e Algeria – Ragazzo, morto per disidratazione al largo di Carboneras, Spagna – Reza Ebrahimi, quindici anni, morto per ferite da coltello nel centro profughi di Moria, Lesbo, Grecia morto per ferite da coltello nel centro profughi di Moria, Lesbo, Grecia – Uomo, disperso, si presume annegato, a nord di Zawiya, Libia – Uomo, disperso, si presume annegato, al largo, tra le città di Zarzis e Ben Guerdane, Tunisia – Donna, annegata al largo delle isole Kerkennah, Tunisia – Uomo, cinquantaquattro anni, annegato al largo di Hassi El Jerbi, Tunisia – Ragazzo, tra i quindici e i diciotto anni, ucciso con un colpo di pistola dalle autorità libiche al porto di Homs, Libia – Uomo, disperso, si presume annegato, al largo di Melloulèche, Tunisia – Nicknam Massoud, quarantotto anni, annegato nel tentativo di raggiungere la Gran Bretagna a nuoto, nei pressi di Zeebrugge, Belgio – Uomo, disperso, si presume annegato, a nord di Zawiya, Libia – Uomo, incidente d'auto nei pressi di Alessandropoli, Grecia – Ragazzo, tra i quindici e i diciotto anni, ucciso con un colpo di pistola dalle autorità libiche al porto di Homs, Libia – Uomo, disperso, si presume annegato, al largo di Melloulèche, Tunisia – Ismail, vent'anni, morto di stenti sul gommone al largo di Malta – Uomo, disperso, si presume annegato, al largo di Almería, tra Spagna e Algeria – Mitra Mehrad, trentun anni, annegata cadendo dal gommone durante il tentativo di attraversare la Manica – Uomo, si presume annegato nel lago Bileća, Repubblica Serba di Bosnia ed Erzegovina – Donna, annegata al largo delle isole Kerkennah, Tunisia – Donna, annegata al largo delle isole Kerkennah, Tunisia – Ragazzo, si presume annegato al largo di Mahdia, Tunisia – Hisham Mustafa, ucciso a colpi di pistola dalla guardia di frontiera turca nei pressi di Azmarin, Siria – Uomo, si presume annegato nelle acque del porto di Durazzo, Albania – Uomo, annegato a causa del capovolgimento del barcone a opera della Guardia costiera... greca al largo di Ayvalik, Turchia – Uomo, disperso, si presume annegato, a nord di Zawiya, Libia – Bambino, annegato al largo di Larache, Marocco – Donna, annegata al largo di Larache, Marocco – Donna, dispersa, si presume annegata al largo di Larache, Marocco – Ragazzo, vent'anni, accoltellato durante una lite nel campo profughi di Moria, Lesbo, Grecia – Uomo, si presume annegato, al largo

29.

Il finanziamento straordinario universale europeo previsto dal Piano d'emergenza istantaneo per salvare il salvabile fu stanziato in una bella mattina di ottobre. In tutti gli Stati membri, ma soprattutto in Italia, il decreto era fitto di incertezze sul profilo e il numero dei destinatari, sull'ammontare, sulle procedure e sui meccanismi di spesa e riscossione, oltre che naturalmente sulle tempistiche (che è la parola più brutta mai creata) di erogazione (altra parola bruttina). I governi di destra, sinistra, centro, basso, alto furono unanimi solo sulle linee generali del decreto ribattezzato "Ius Soldi": il diritto alle sovvenzioni sarebbe stato usufruibile dai soli cittadini europei, altrimenti a lavorare sul serio non ci sarebbe andato più nessuno, nemmeno i poveri che continuavano a premere sui confini implorando un lavoro di merda.

Lo studio sui Big Data, che sconsigliava di estendere la misura a più dei due terzi della popolazione, era stato ritenuto affidabile, non si sa perché e non si sa bene da chi, tanto da diventare la legge non scritta del nuovo capitalismo. L'orientamento prevalente, perciò, fu privilegiare disoccupati e nullafacenti (a beneficiare del sussidio furono infatti anche migliaia di ereditieri) poiché disponevano di molto tempo per dedicarsi alla loro nuova occupazione, il consumo. Nonostante alcune critiche, un esercito di volenterosi esegeti scese in campo per cantare la moralità della nuova stagione politica.

Almeno da citare *en passant*, l'editoriale pubblicato dal maggiore quotidiano italiano e firmato dalla sua firma più illustre in cui si dimostrava, zoologia alla mano, la legittimità naturale del parassitismo sociale, indispensabile per il buon funzionamento di ogni società. "Prendiamo esempio dalla formica," scrisse l'editorialista di professione, "l'insetto più laborioso del Creato. Ebbene, numerose specie adottano comportamenti che i critici ispirati dall'invidia sociale e da una errata concezione di uguaglianza si ostinerebbero a definire parassitari. Alcune specie, come la e numerose varietà amazzoniche, attaccano i formicai confinanti, ne catturano gli abitanti e li trasformano in schiavi da cui farsi portare da mangiare. In modo simile si comportano le *Polyergus*, le *Lasius*, le *Aphaenogaster* e le formiche del comunissimo genere , che rapiscono le larve di altre specie per trasportarle nel proprio formicaio e farsi servire. Le *Hypoponera* determinano la casta sulla base dell'alimentazione: le larve che vengono nutrite di più saranno regine, quelle che mangiano di meno operaie. Questi fenomeni di 'dulosi', o schiavismo animale, sono nulla in rapporto al comportamento delle *Strumigenys xenos* che, per sopperire alla mancanza di operaie, si stabiliscono in altri formicai nutrendosi delle scorte raccolte dalla *Strumigenys perplexa*" (Che infatti è *perplexa*).

In Italia le incertezze erano più incerte che altrove, e le discussioni infinite. Il rischio di scontentare qualcuno paralizzava ciascuno. Il Previdente del Consiglio adottò una prudente politica dell'opacità che in Italia era storicamente testata. Per prima cosa, a scopo precauzionale, i decreti avrebbero dovuto essere scritti nell'antilingua tipica della Pubblica amministrazione nazionale, in modo da scoraggiare gli ignoranti, i pigri e i non motivati, e soprattutto da riservarsi la possibilità di interpretazioni correttive ove mai qualcuno avesse fatto questioni. In pratica, non ci si doveva capire un cazzo. In secondo luogo si cominciò, con calma, a lavorare su un colpo di genio che i rumors di Palazzo attribuivano al ministero degli Affari Miei in persona e che, a detta di tutti, dimostrava una volta vieppiù la proverbiale fantasia del Paese: per accrescere il divertimento e bloccare il malcontento, il sussidio sarebbe stato legato a una specie di Lotteria nazionale che ogni mese avrebbe estratto a sorte i beneficiari. Per studiare il meccanismo fu creata un'apposita commissione che si mise immediatamente al lavoro ma che, come sempre, sparì nelle nebbie.

Nell'attesa delle disposizioni finali, era stato risolto, o almeno rimandato più in là, anche il problema dello sciopero di consegnator e raccoglitori. Grazie a un'azione combinata di incentivi e gratifiche, gli scioperanti, ormai stremati dalla fame, furono indotti a ritornare al lavoro senza fare tante storie. Fu approvato un sostanzioso ritocco alle paghe: dieci centesimi in più a consegna o a cassetta caricata sul camion, che a mettersi di buzzo buono avrebbero garantito un extra di mille euro al lavoratore capace di effettuare diecimila consegne o sollevare diecimila cassette in un giorno. In aggiunta all'adeguamento economico, il governo varò alcuni provvedimenti di alto impatto simbolico: nel codice penale fu introdotta una specifica aggravante di pena per la consegnatorfobia cui si aggiunse il divieto assoluto di coltivare vasi di gerani sui balconi. Parallelamente fu intrapresa un'energica iniziativa di carattere culturale per riconferire dignità al lavoro fisico in quanto tale, commissionando piani di comunicazione, campagne di sensibilizzazione e capillari manifestazioni sul territorio.

La prima fu in piazza Cadorna, a Milano, dove al posto della scultura *Ago, filo e nodo* – creata dai coniugi Claes Oldenburg e Coosje van Bruggen per onorare il genio di sarti e stilisti ormai caduti in disgrazia da quando si poteva lavorare da casa in mutande – fu eretto un gigantesco Monumento Equestre al Consegnator Ignotor, raffigurante un omino in bicicletta (in questo senso "equestre") con pettorina gialla fluo realizzata con migliaia di neon. Iniziative analoghe furono assunte dai sindaci di molte altre città, per esempio a Cerignola, Foggia, città natale del sindacalista Giuseppe Di Vittorio, dove una mattina, davanti alla facciata del Teatro Mercadante in piazza Giacomo Matteotti, comparve la statua in bronzo del Bracciante Felice che brandiva un pomodoro in bronzo laccato di rosso.

Visionando questo e altri progetti durante un Consiglio dei ministri, il Previdente si dichiarò quasi entusiasta, ma rilevò che per dare più concretezza al messaggio – e chiudere per sempre il discorso – ci sarebbe voluta anche una gratificazione individuale, qualcosa di tangibile su cui ogni lavoratore avrebbe potuto poggiarsi, in futuro, per rivendicare la propria dignità di uomo.

– Nominiamoli tutti quanti Cavalieri del lavoro! Che ci vuole? – urlò il ministro degli Affari Miei.

Il Previdente sollevò un sopracciglio. L'idea non era male. Costava niente e gli avrebbe permesso di appuntare di persona migliaia di spillette incontrando eventuali elettori. Il segretario del Partito del Lavoro Guadagno Pago Pretendo si proclamò subito favorevole per due motivi: suo cognato aveva un negozio di onorificenze a Roma che da anni versava sull'orlo del fallimento e inoltre, essendo quasi l'ora di pranzo, aveva fretta di mangiare. Si era fatto mettere il turno del sonno dalle 14 alle 18 in modo che coincidesse con la pennichella. Il Consiglio dei ministri approvò in fretta e finalmente si andò. Previdente, ministro degli Affari Miei e segretario lasciarono Palazzo Chigi con le rispettive scorte, per recarsi all'Osteria dell'abbacchio dove cucinavano la migliore pajata di Roma.

Il ministro degli Affari Miei era così contento che aveva dato ad Alfonso, il suo autista-cugino, il pomeriggio libero.

– Previdente, avrei anche una proposta per riformare l'articolo 1, che mi pare vecchissimo. "L'Italia è una Repubblica fondata sui Cavalieri del lavoro." Che ne dici?

– Ne riparliamo, collega. Ne riparliamo.

A quell'ora le strade di Roma erano quasi deserte per l'effetto combinato del lockdown e delle turnazioni del sonno. In giro si vedevano quasi esclusivamente barboni, che con la crisi erano aumentati al punto da costringere il governo a creare per loro un'apposita categoria professionale, con tanto di cassa previdenziale e regime fiscale, scongiurando così il pericolo che anche loro prendessero il reddito universale di cittadinanza. Per quanto numerosi fossero, difficilmente votavano e non amavano fare shopping. Sarebbero stati soldi buttati. Al Pantheon il corteo previdenziale scavalcò un'intera famiglia che dormiva per terra, aggrovigliata su una distesa di cartoni. Anche ai senza casa, come a ogni altro cittadino, erano stati assegnati turni precisi di veglia e riposo che cominciavano a dispiegare i loro benefici effetti sulla società. Nell'aria si respirava più calma. La violenza si era attenuata, anche perché per le strade c'erano meno testimoni a raccontarla. Non si facevano eccezioni, nemmeno per i ministri (quello degli Affari Miei aveva scelto di dormire fino a mezzogiorno perché detestava svegliarsi presto) o per il Previdente che, invece, continuava a coricarsi a mezzanotte e a svegliarsi alle otto.

L'epidemia non faceva più notizia. Era diventata un'abitudine. I vecchi morivano a mazzi, ma sarebbero dovuti morire ugualmente, prima o poi, e le loro pensioni rientravano nel circolo virtuoso dell'economia permettendo allo Stato di erogare i sussidi che permettevano agli altri di sopravvivere. Moriva anche qualche giovane ogni tanto, ma non si poteva mica pretendere troppo. La speranza del vaccino era diventata un'abitudine. Prima o poi sarebbe arrivato, come il Messia per gli ebrei che lasciano sempre la porta socchiusa, caso mai si decidesse a venire.

Il Previdente del Consiglio camminava contento. Si aggiustò il ciuffo e levò lo sguardo sul cielo azzurrissimo di quell'ottobrata romana, sentendosi grato e in pace con il mondo. Stavano attraversando una crisi epocale, ed erano ancora tutti lì, al loro posto, quasi come se niente fosse accaduto. Non avevano nulla da rimproverarsi, checché ne dicessero gli invidiosi, i sospettosi, i lamentosi: stavano gestendo il disastro meglio di altri paesi, e in ogni caso non l'avevano voluto né provocato ma erano riusciti a fare il possibile per attenuare la sofferenza di tutti, anche la propria. Sua zia glielo diceva sempre che per passare la nottata bastava stare fermi, dando un'aggiustatina qui e una là. Mentre la delegazione entrava nell'osteria, il Previdente del Consiglio decise che era arrivato il momento di togliersi l'ultima curiosità. Si avvicinò al segretario e gli posò una mano sulla spalla, avvicinando la bocca all'orecchio.

– È da tanto che volevo chiedertelo, collega. Mi spieghi perché non è venuta in mente a voi l'idea del reddito di cittadinanza? Siete il partito dei lavoratori e degli intellettuali, quelli che dovrebbero avere le idee...

Il segretario si bloccò sulla porta. Non ci aveva mai pensato. Si prese qualche secondo per riflettere e formulare una risposta all'altezza:

– Non saprei, in effetti sono anni che non abbiamo più idee, – rispose candidamente. – È che le idee deconcentrano. Per governare non servono a niente.

30.

Negli ultimi tempi Pitamiz si era lasciato un po' andare. Passava le giornate a poltrire accoccolato come un gatto sul divano in attesa dell'arrivo di Miriam per la dose quotidiana. Dopo essersi avvolto bene nel plaid si rigirò sull'altro fianco godendosi la luce grigia del pomeriggio di novembre che filtrava dalla finestra come un sonnifero naturale. La riforma del sonno aveva riformato la sua vita. Gli affari di Happydemia andavano a gonfie vele, ma ormai l'unica cosa che gli interessasse era sognare. I morti non si contavano più, anche se lui da mesi esisteva soltanto dentro quel sonno affollato di avventure e felicità che Miriam sapeva iniettargli. Aprì e chiuse le palpebre, le riaprì, le richiuse, e quando altrove scattò una serratura, non se ne accorse neppure perché era troppo impegnato a trasformare in macchie di luce le forme che gli apparivano a occhi aperti.

Ogni volta che aveva riprovato il Vividone nelle dosi prescritte dai medici, l'effetto era stato più scialbo, malinconico: gli era perfino capitato di sognare i genitori e di svegliarsi infelice perché per lui il passato puzzava di morto. I chimici dei suoi laboratori si stavano dannando l'anima per capire come mai l'effetto desiderato si verificasse soltanto con la ragazza. A nessuno era venuto in mente che la soluzione era semplice: raddoppiare la dose. Oltre il soffitto si sentirono dei passi e Pitamiz si risvegliò. Era Miriam che scendeva le scale e veniva da lui. Quando l'aveva assunta le aveva chiesto di trasferirsi nell'appartamento di sopra, e lei aveva accettato purché lui non ci mettesse mai piede. Si raddrizzò a sedere cercando di resistere all'impulso di arrotolarsi la manica sul braccio pieno di lividi. Miriam era entrata e richiudeva la finestra. Si voltò sorridente.

– Come si sente oggi? Ha fatto un bel sogno?

– Ho sognato che andavamo sulla luna, io e te, – disse Pitamiz.

– Ah sì, e com'era?

– Non pesavamo. Non pesavamo niente.

Pitamiz si abbracciò le ginocchia piegate contro il petto: – Tu l'hai mai guardata la mappa della luna? Quando ero piccolo ci passavo ore. C'è il Mare della tranquillità, l'Oceano delle tempeste, il Golfo degli astronauti, il Lago dei sogni e la Palude del sonno...

– Un posto perfetto per lei.

Miriam tirò fuori l'occorrente dal mobiletto dei medicinali e lo dispose sul tavolino davanti al divano, mentre Pitamiz scopriva il braccio.

– Sai che a volte vorrei non avere un corpo? È così sopravvalutato. Bisogna curarlo, invecchia e porta il dolore. Basterebbe un po' di chimica e di realtà virtuale per farne a meno. Altro che riforma del sonno. Il futuro è diventare la mente. Hai letto *Essere macchina* di Mark O'Connell? L'ho consigliato anche al Previdente...

– E lui che ha detto?

– "Forse più in là." Però, pensaci: senza corpo potremmo vivere ovunque, provare soltanto le emozioni che ci piacciono, amare quelli che amiamo. Non ci sarebbero più bisogni, inquinamento e malattie, avremmo tutti più spazio e lasceremmo il lavoro alle macchine. Anche la morte sarebbe abolita.

– È tutto quello che abbiamo, il corpo.

– Il corpo è un estraneo.

– Anche la mente lo è, – disse Miriam avvicinandosi con la siringa. – Faccia il bravo adesso, mi dia il braccio...

Non era facile trovare una vena nuova. Il laccio emostatico non bastava più a gonfiarle. Miriam fece scorrere i polpastrelli guantati sulla pelle bianca e sottile dell'avambraccio fin quando non sentì il lieve ingrossamento che stava cercando. Pitamiz la fissava con gli occhi spalancati, sentendo il cuore che aumentava i suoi battiti ma con la certezza che, presto, avrebbe rallentato per farlo riposare. Miriam spinse l'ago nella vena sul polso e premette con il pollice. Le palpebre di Pitamiz ebbero un tremito e, subito dopo, il suo corpo si rannicchiò sul divano come un feto. Dopo poco dormiva. Miriam adagiò la siringa sul tavolino e si sfilò i guanti. Avrebbe potuto riempire un'altra siringa e farlo morire, come in fondo desiderava Pitamiz. Gli posò il palmo sulla fronte: era tiepida e immobile, non si sarebbe svegliato. Prese il telefono e scrisse veloce, poi si sciolse i capelli.

Suonò il campanello e Miriam corse ad aprire. Sul pianerottolo Michele si stava togliendo la mascherina e scompigliando i capelli. Rimasero fermi a guardarsi per qualche secondo, poi Michele si chinò e Miriam aspettò che si togliesse le scarpe. Era bello con la tuta rossa. Insieme al Cometa si erano iscritti a un corso per soccorritori e quello era stato il loro primo giorno di prova sull'ambulanza. Era cambiato dalla prima volta che si erano visti. I suoi sguardi e i suoi gesti erano diventati più fluidi. I capelli più corti. Sarebbe cambiato ancora. Sarebbe cambiata. Miriam si ricordò il verso di una poesia che aveva imparato a memoria, *L'amore è tempo e corpo* di Jules Le Jour: "Oggi per noi l'amore è uno specchio vivo, di occhi, carne e dita". Prese la mano di Michele e lo trascinò dentro. Attraversarono la sala diretti al terrazzo. Sul divano Pitamiz respirava imbozzolato nella coperta e nella sua stessa mente.

Fuori ormai era quasi buio. Un'ombra di sole si posava sul tetto di fronte. Si fermarono un attimo sulla scala a chiocciola per guardare i piccioni in fila su una grondaia. Le ambulanze lontane non la smettevano mai. La porta della mansarda era aperta. La camera da letto aveva il soffitto con le travi e le pareti dipinte con scene di caccia e di fiori. I mobili che sembravano antichi. Miriam lo spinse sul letto e, quando fu disteso, gli salì sopra sollevando il vestito sulle gambe e piegando la testa in avanti per fargli cadere addosso i capelli come un riparo. Michele allungò le dita per accarezzarle una guancia, ma lei le fermò e si avvicinò con gli occhi.

– Hai il naso storto, lo sai?

– Non ti piace?

Miriam si avvicinò ancora e i capelli gli fecero il solletico, e lei forse lo capì perché si tirò su e li buttò dietro la schiena. Oscillando sui fianchi, gli sfiorò il viso con una mano e lentamente portò l'altra dietro un orecchio per sganciare la mascherina, arcuando le pieghe ai lati degli occhi.

– Non mi dispiace per niente, perché ce l'ho anche io.

Michele spalancò la bocca e gli occhi. Il naso di lei era più storto del suo, ma non fu questo a meravigliarlo. Fu che i lineamenti di Miriam sembravano ridisporsi intorno al suo sguardo, alle guance, agli orecchi, ai denti, alla bocca: sembrava la mappa di un pianeta con montagne, avvallamenti e pianure. Per risvegliare la sua attenzione, Miriam inclinò la testa a destra e Michele capì che per baciarsi non era necessario muovere il collo, non lo sarebbe mai stato, perché i loro nasi storti si sarebbero incastrati anche da dritti. Il naso di Miriam deviava a sinistra come il suo, quindi anche di fronte avrebbero avuto sempre tantissimo spazio. Michele provò a sollevarsi sui gomiti, ma lei lo spinse giù, si piegò in avanti e dischiuse le labbra finché le punte dei loro nasi si sfiorarono senza toccarsi, l'odore del fiato si intrecciava a quello delle gambe, dei capelli, delle ascelle, e le mani di Michele le si posarono sui fianchi, le scivolarono sulle cosce, la accarezzarono dietro il collo e cercarono i seni che saltarono fuori dal vestito come se non vedessero l'ora. Miriam si tolse in fretta il vestito e lo buttò a terra. Era un ordine che Michele eseguì. Erano nudi, la pelle non segnava più confini tra i corpi, li cancellava, interno esterno, mio tuo, dentro fuori non si distinguevano più. La pelle parlava toccandosi. Miriam si inclinò di nuovo in avanti, aiutandolo a entrare, e intanto entrò con la lingua nella bocca di lui. A

Michele mancò il respiro, ma il respiro di Miriam adesso era anche suo. Era bello baciarsi, era come non essere soli, non sapere più dove finivi e dove iniziavi, era come scivolare in un'altra persona e trasformarsi in qualcosa di più di sé stessi, scoprire che il sesso, il sogno e la morte sono la nostra sola possibilità di metamorfosi.

E forse fu per paura di perdersi e scomparire, oppure per essere certo di esistere di nuovo che, all'improvviso e senza ragione, Michele cominciò a ridere. Miriam si bloccò incerta, pensando di aver fatto qualcosa di buffo.

– Che cosa fai? Ridi?

Michele scosse la testa sul cuscino per negare l'evidenza, senza riuscire a fermarsi. Fu allora che anche Miriam scoppiò a ridere dopo averlo picchiato sul petto con le mani.

– Adesso mi dici che cosa stai pensando.

– Che ci siamo congiunti ma non siamo congiunti.

Miriam si abbassò per baciarlo di nuovo.

– Ma neanche disgiunti.

Questo libro è dedicato a tutti quelli
a cui ho rubato qualcosa

Desidero ringraziare: Stefano Benzoni, amico neuropsichiatra che, dopo una notte di angoscia all'inizio del primo lockdown, mi ha portato a casa una scorta di tranquillanti dicendo: "Dovrei proprio inventarmi un servizio di psychodelivery"; Valentina Ricciardelli che ha notato per prima la similitudine tra mascherine e niqab islamico; Charles Dickens per aver scritto la frase sull'opportunità di urlare con la folla più grossa; Marco Rossari per avere visto una bambina intenta a soffiare bolle di sapone in un parco ed averlo scritto su Twitter; Gianmarco Bachi per avere immaginato su Facebook un astronauta terrapiattista; Alberto Sordi per "Ma cos'el fa' chì a Milàn cont sto càld?" e per "A me m'ha rovinato la guerra" (ex aequo con Ettore Petrolini); Luigi Tenco per avere scritto Vedrai vedrai *pensando a sua madre; Carlo Collodi per avere scritto* Pinocchio *di cui questo libro – per chi non l'avesse notato – ricalca la trama; Simona Ottieri e Cherubino Gambardella per la consulenza napoletana e architettonica; Marta Dore per la foto; Antonio Stella e Cristina Guarinelli per le correzioni e i consigli; Carlo Ginzburg per* Storia notturna *e* Il filo e le tracce*; Gilbert K. Chesterton per* L'uomo che fu Giovedì*; Alessandro Manzoni per avere descritto la peste di Milano; Laura Cerutti e Carlo Buga per la cura delle idee, delle parole e delle virgole.*

A tutti voi, grazie.

P.S. È invece originale l'utilizzo del plexiglass in funzione anti contagio in un dibattito televisivo. Il fatto che il 7 ottobre 2020 sia stato adottato anche da Mike Pence e Kamala Harris, candidati alla vicepresidenza degli Stati Uniti d'America, dimostra soltanto che di questi tempi la fantasia è molto meno fantasiosa della realtà.

Indice